猫魔法が世界に革命を起こすそうですよ？

～劣等種なんて言われるのならケモノ魔法でリベンジします！～ 01

海野アロイ
ill.ぷらこ

CONTENTS

第1章

賢者様、
まさかの解雇宣告を受けるも、
妙な弟子が転がり込んできて
わちゃわちゃになる

猫人賢者のアンジェリカ、ブラック職場から解雇される

「アンジェリカさん、あなたはクビです。やはり劣等種の獣人を雇うなど、大きな間違いでしたね」

私は猫人である。名前はアンジェリカという。

とある国で宮廷魔術師をしている、一八歳の乙女である。

ある日のことだ。大臣は私を呼び出すと、開口一番にそう言った。

彼の口元には、いつものように意地の悪い笑みが浮かんでいた。

「わ、私は宮廷魔術師として頑張ってきました。仕事はしっかりこなしています！　解雇の理由はなんでしょうか⁉」

突然の宣告である。私だって黙っちゃいない。

先代の王様からスカウトされて以来、私は真面目に働いてきた。というか、雑用でもなんでもこなしてきた。これまでの頑張りを考えると、正直、あたしゃキレそうだよ。

いくらなんでも、急にクビはありえないでしょうが。

「はぁ？　あなたはそんなこともわからないのですか？」

大臣は私の言葉に溜息をもらす。

そんなことを言われても、言いがかりにしか聞こえないっていうのに。

「理由はこれです」

彼は私の前に、ずずいと紙を突き出してくる。それは確かに私の提出した報告書だった。

「あなたはまともに報告書も書けないのですか!? 私は常日頃から言ってるでしょう、書類は正確に書くようにと、せ、い、か、く、に！」

森の魔物を私が討伐した経緯が報告してある書類なのだが、不正確極まりないと怒り始める。

だが待ってほしい、私はしっかりと正確に記入したはずだ。責められる理由はないはず。

「ど、どこが間違っているのでしょうか？」

「どこがですって？　これですよ、これ！　この『猫魔法【超音速の右爪《ソニックブーム》】で討伐完了』というのはなんですか？　こんな魔法聞いたことがありませんよ！」

大臣が示したのは、私が報告書に書いた猫魔法の箇所についてだった。

猫魔法というのは猫の生態とその観察から生まれた魔法のことである。

この【超音速の右爪《ソニックブーム》】という魔法は、実家の猫の右パンチが音速を超えたのをヒントにして開発された。簡単に言えば、真空刃を生み出す魔法であり、すぱっとモンスターを切り裂くのだ。

かっこいいでしょ？

「いや、その、それは私のオリジナルの魔法でして……」

「オリジナルの魔法ですって？　そんなものは邪法です！　栄えある宮廷魔術師の仕事には、そんなものは認められません！　インチキにもほどがありますよ」

弁明するものの、大臣は聞く耳を持たない。

あからさまにため息を吐いて、私の話など聞く価値はないという素振りだ。

私の猫魔法はインチキじゃないよ。猫魔法はちゃんとありまぁす！

「ふんっ、劣等種はこれだから困りますな」

「そうだ、そうだ。宮廷に潜り込んだ不届きものですよ、この女は！」

大臣の後ろには彼の取り巻きの連中が控えていた。

一人は魔道具師のレイモンドという色黒の男。もう一人は魔獣使いのカヤックという大柄の男だ。

彼らは大臣同様、性格の悪い顔をして口々に私をあざけってくる。

はぁ？　魔法が使えないですって？

この場で【超音速の右爪《ソニックブーム》】をお見舞いしてやろうか？　こんにゃろう。

下品な言葉が喉まで上ってきたけど、ぐっとこらえる私。

とはいえ。

彼らが私をインチキ呼ばわりする理由はわかっている。

この世界では、私たち獣人は魔法が使えないのが常識とされているからだ。

私たちは魔法が使える種族から『劣等種』と呼ばれることさえある。

あからさまな差別であり、そういう呼び名は大っ嫌いだよ。

そもそも、この常識は嘘なのだ。少なくとも、この私が魔法を使えるのだから。

私はそんな現実を覆したいと、先代の王様の招聘《しょうへい》に応じて宮廷魔術師として就職した。

頑張っていれば、獣人でも魔法が使えるのだとわかってもらえるはずだし、ゆくゆくは獣人のための魔法学院ができあがり、「教授先生！」だなんて呼ばれたりして……などと期待に胸を膨らませていたのだった。

　しかし、起きたのは私の期待とは全く反対のことだった。

　宮廷魔術師たちは獣人である私を下に見て、雑用や面倒くさい仕事ばかりを押し付けてきた。

　就職してから一年、同僚の前で魔法を披露する機会は一度もなく、私は一人で黙々と仕事をこなしてきたのだ。

　私をスカウトしてくれた先代の王様は着任早々に亡くなってしまうし、頼れる人もほとんどいない。

　それでもいつか道は開けるはずと思っていたら、この仕打ち。

　全くもって、一年前の自分をぶん殴ってやりたいよ。

　こんな職場、選ぶんじゃなかったなぁ。

「劣等種のくせに口先だけで先王様に取り入った罪は大きいですよ」

「全くです、劣等種の分際で」

　私が後悔の念に駆られている間、大臣と取り巻きたちの罵倒の言葉はさらに続く。

　頭ごなしの否定に拳が震えた。

　……あんたら、私の禁忌猫魔法【シュレディンガーさんちの猫】でいっそのこと異空間に送ってやろうかぁああ？

　そんな言葉を、ぐっと堪える。これで二度目である。

　三度目はどうなるかわかんないからね。

魔法をこの場で見せつけてやりたいが、私の魔法は派手なのが多くて、最低でも部屋を壊してしまうものが多い。プチファイアみたいなカワイイ魔法が使えれば良かったのに。

それに、彼らに魔法を見せたとしても、信じるかは怪しいところだ。この人たちは「獣人は魔法が使えない」という先入観で一杯で、ちょっとやそっとの魔法では幻術や手品の類いと切り捨てられかねないのが実情だろう。

私は溜息を吐いて、「こっちから願い下げだよ、こんちくしょう」と啖呵《たんか》を切ろうかとさえ考える。どうせ辞めるなら、かっこ良く散るのもありだよね。

「大臣様、こちらが例の獣人の方ですかぁ」

そんなときのことだ。

大臣の後ろから女性の声がする。その声のトーンはやけにとげとげしく、高飛車な印象。嫌な予感が背中を通り抜けていく。

まだ、他にもいるの⁉

私は心の中で大きくため息をつくのだった。

賢者様、さらなる嫌な奴が登場して詐欺師扱いを受けるも最後の仕事だけは完了させます。なんたる責任感

「おやおや、アーカイラム教授、よくぞいらっしゃいました！」

大臣は後ろのほうから現れた女性をやけに丁寧に迎える。

耳の形から推測するにハーフエルフのべらぼうな美人だ。

顔ちっさ！

脚ほっそ！

だけど、いかにも神経質そうな目つき。

こういう類いの女は大体、性格が悪いってことを私は知っている。

「アウソリティ魔法学院で教授をやっているアーカイラムよ。よろしくね、宮廷魔術師の獣人さん」

彼女はこちらに向かってにこっと笑う。もっとも、その目の奥は笑ってはいない。

アウソリティ魔法学院……って、確か帝国にある大きな魔法大学だっけ。権威とか伝統とかにうるさい連中が仕切ってたはず。

この人が教授先生かぁ。ふーん、なんだか嫌な感じ。

「アンジェリカさん、あなたの報告している魔法は正規魔法に分類されていないと思うんだけど？」

「そ、そうですね、全て私のオリジナル魔法ですし……」

彼女は私に微笑みかけながら、見下す感じで質問してくる。

私の魔法はすべて私が開発したものだ。正規魔法に分類されるはずがない。

「オリジナル魔法？　あぁ、だから名前もめちゃくちゃなのね。音速の爪？　うふふ、笑える」

彼女は報告書をぺらぺらめくりながら、ふぅとため息をつく。笑えるとか言いながら、目はぜんぜん笑ってない。

「ところで、あなた、どこの魔法学院を出たのかしら？」

「いえ、私は冒険者上がりですし、魔法は独学ですけど……」

突拍子もない彼女の質問に正直に答える私。

一般に魔法を学ぶとなれば、二つの方法がある。一つは大きな都市にある魔法学院に行くこと。もう一つは冒険者になって現場で学ぶことだ。

私は早熟だったのと家族の応援もあって、冒険者として魔法を極めていく道を選んだ。魔法学院に行くことを否定しないけれど、独学で魔法を学んだことに引け目を感じてはいない。

私に魔法の手ほどきをしてくれたおばあちゃんは、常日頃から言っていた。

魔法は自由だって。どんな風に学んだっていいんだって。

「ぷははははっ、この時代に独学って学歴ゼロってことでしょ？　それでも宮廷魔術師なの？　まぁ、そりゃそうよねぇ、獣人が魔法学院にいたら、魔法が使えないってバレちゃうものねぇ」

しかし、このアーカイラムというエルフ女は私の言葉に失礼な態度で応じる。

本当におかしくてしょうがないといった様子でしゃべるので、非常にむかむかしてくる。

彼女の笑い声にあわせて、大臣とその取り巻きたちも野卑《やひ》な笑い声をあげる。

「これではっきりしたわ。つまり、あなたの報告書は全部、インチキってこと。私みたいな魔法学院主席卒業のエリートと話してもらえるだけでもありがたく思いなさい」

彼女が吐き捨てるようにそう言うと、大臣たちはニヤニヤして思い切りうなずく。

こっちは「一方的に話してるのはあんたでしょうが！」とはらわたが煮えくり返る思いである。私の一年間の頑張りどころか、人生全部をインチキ呼ばわりされているのだから。

彼女は私の憤りを察することはなく、さらに言葉を続ける。

「かわいらしい外見で先王様に取り入った、そのしたたかさだけは褒めてあげるわ。でも、残念。あなたのインチキも今日ここでおしまい。村に帰って、野良仕事でもしたほうがいいわ。他の劣等種みたいに、ふふふ」

私はその侮蔑に満ちた笑みを一生忘れないだろう。喉の奥から「んだと、コラ」などと下品な言葉が溢れそうになる。

即死魔法【死の尻尾鞭《デスもふテイル》】を無意識にぶっ放しそうになったぐらいだもの。

とはいえ、こんなところで人殺しになるわけにはいかない。

私は奥歯をぎゅっと噛んで耐えに耐える。それこそ、口の中に血がにじむぐらいに。

このエルフ女、いつか覚えておけよって思いながら。

「アーカイラム教授、ありがとうございます！　さぁ、ゼロ学歴のアンジェリカさん、あなたはさっさといなくなってください」

大臣の言葉からは、私のことを心底バカにした冷たい意志がひしひしと伝わってくる。

薄ら笑いの上からは冷酷な本性が見え隠れしていた。こんな上司と一緒に働いていたと思うと悲しくなるよ。

はぁとため息をつく私。

結局のところ、私は彼らから信頼を勝ち取ることができなかったんだなぁ。やるせない気持ちが私を覆うのだった。

「わかりました……。しかし、与えられた仕事だけは片付けてから帰りますので」

私はそれだけ伝えると、大臣の部屋を出る。

傍目から見れば、逃げたように映るかもしれない。もっと器用に立ち回れば、解雇を回避できたかもしれない。後先考えなければ、彼らに私の魔法を見せつけることもできたかもしれない。それこそ大臣の部屋ぐらい吹っ飛ばしてやれば良かった。

だけど、反論する気さえ失せていたのだ。

今さら大臣たちに私の魔法を見せたところで、彼らの卑しい性根が変わるわけでもないだろう。

私はそんな彼らと一緒に仕事をすることに、ほとほと疲れ果てたのだ。

一緒の空間にいることにさえ耐えられなかったのだ。


「ぎゃはは！　ついに解雇してやりましたな！　大臣様！」

「それで、あの小娘の仕事はなんですか？　ほほぉ、王国史の取りまとめですか」

「そんなつまらない仕事が最後の仕事だとは、まさしく哀れな劣等種！　あははは！」

「劣等種に任せられる仕事があるんですね！　驚きですよ」

私がドアを閉じると、大臣とその取り巻き、およびあのいけ好かない女の笑い声が聞こえてくる。

下品な笑いに胃の辺りがむかむかする。

しかし、それでも私は最後の仕事に向かう。与えられた仕事はきっちり終わらせないと気が済まないのが私の性分なのだ。

向かう場所は「王国史編纂室《へんさん》」という札のついた、いかにも窓際な部署。一緒に働いている人はおらず、私が室長ということになっている。

私に与えられた最後の仕事は、ここ一〇年の王国の歴史を編纂《へんさん》するというものだった。

正直、この国の歴史にはたいして興味もなかったし、閑職《かんしょく》というのもわかっている。

だけど、先代の王様はいい人だったし、お世話にもなった。

これが最後の恩返しだと思って頑張ろうじゃないか。

「さてと……」

私はありったけの資料を机の上に出すと、その上に横になる。

本の上に寝転ぶなんて、ちょっとお行儀悪く見えるかもだけど、さにあらず。

これこそが私の猫魔法【賢猫の資料占領《テキストインベーダー》】なのだ！

「偉大なる賢猫の精霊たちよ、我に知恵と知識を授けたまえ……」

私が呪文を唱えると、資料はびびと光り始め、私の脳内に資料の中身がダイレクトに飛び込んでくる。これは簡単に言っちゃうと情報収集の魔法なのである。

この魔法は、実家の猫がおばあちゃんの広げた新聞紙を占領して、じっくり読もうとするところをヒントに生まれたものだ。

猫というものはとてつもなく知的好奇心にあふれた生き物である。いくらおばあちゃんがどくように言っても、新聞を読み終わるまでは絶対にどかない。新聞紙の上に寝転びながら、その内容のすべてを読み漁るのだ。

これは猫の知識に対する貪欲さを十二分に発揮する魔法なのである。すごいでしょ。

「ふむふむ、なぁるほど……」

机の上の資料を全て読み込んだら一週間はかかるだろう。しかし、この魔法を使うとわずか一〇分程度で頭の中に入ってしまう。

「でりゃあぁ！」

王国の出来事を完全に理解した私は、ざざざっとわかりやすく王国史を書き上げるのだった。我ながら完璧である。

せっかくいい仕事をしたのだ、改変や破棄できないように魔法をかけておくのも忘れない。

「これにて、お仕事完了……っと」

ふぅっと息をはいて、私は部屋を後にする。

宮廷魔術師のオフィスに戻って、自分の机にあったものを箱に入れる。

同僚たちは皆、帰っていて、私に声をかけるものはいなかった。

一年間頑張ってみたけど、あっけないほどの結末である。なんだったんだ、私の頑張りは。

一つだけ心残りがあるとすれば、私には家庭教師をしていた生徒がいたことだ。少々癖はあったけど、とても素直で良い子だった。とはいえ、彼女は今、異国へ留学中であり、コンタクトの仕方もわからない。

さぁ、嫌な職場からおさらばして、さっさと家に帰っちゃおう。

【賢者様の使った猫魔法】
賢猫の資料占領《テキストインベーダー》：本やノートや新聞紙などを広げると、賢い猫はここぞとばかりに資料を占領し、読み漁る。さらには飼い主がどけと言っても、むしろ居座る始末である。そんな猫の持つ『知識や情報への貪欲さ』をヒントに開発されたのがこの魔法。賢者様が資料を広げ、その上に寝転ぶことで発動する。情報収集に最適で、効率的な仕事のためにぜひ覚えておきたい。ただし、猫人のみが習得可能。ちょっとお行儀悪く見えるが、賢者様はちっこくて軽いので大丈夫。軽いので！

賢者様、クビになったわりに元気です。今こそ野望を果たすとき！　と息まいて禁忌魔法を完成させる

「あたしゃ、もぉ、つかれたよぉおおおお……！」

自宅に帰った私は、ベッドにうつぶせになって声を上げる。

足をバタバタと揺らして、日中の憂さを晴らすのだ。

日ごろはネガティブなことを言わない私でも今日の出来事はこたえた。さすがに。

あんのクソ大臣に取り巻き連中の態度！

それに、あのエルフ女！

思い出しただけでも腹が立つょ。

なぁにが教授だよ！　ばーか、ばーか！


……とはいえ、この状況は悲劇でもなかった。

そう、クビになったということは、自由になったということなのだ。

ふくく、ぐーたらしてても怒られないし、これはこれでいいじゃん！

私はもともと根性あるタイプじゃないし、おうちで寝転んでるのも好きなのだ。

「そうだ！　自由だ！　私は自由なのだぁああ!!」

私は、叫ぶ。力の限り。

自由、なんて甘美な響きの言葉だろうか。

振り返ってみれば、私の人生、一四歳までは素晴らしかった。なんの束縛もなかったし、冒険者に
あこがれる普通の女の子だった。

しかし、おばあちゃんの助言に従って冒険者ギルドに登録したのが運の尽き。

私の不自由な人生の始まりである。そのときの様子を私はありありと覚えている。

「……アンジェリカさんは特殊スキルの、賢者と表示が出てますね。獣人ですけど」

冒険者ギルドに登録後、スキル鑑定なるものをやったら、あ〜ら大変。

私は魔法の才能に秀でた、【賢者】なるスキルを得てしまったのだ。

これはおそらく、おばあちゃんと子供のころから魔法で遊んでいたからだろう。なんせうちのおばあちゃんは深淵の賢者の称号を持つ魔法使いだから。

ちなみに、おばあちゃんは普通の人間で、獣人ではない。彼女の息子がとある猫人と結婚して生まれたのが、この私なのである。早い話が、私はハーフ猫人というわけになる。

閑話休題。

「オッス、あたし勇者。お前、賢者なんだってな！　一緒に西の魔王をボコろうぜ！」

偶然、その場に居合わせた頭の悪そうな勇者パーティが、私をスカウトしてきたのだ。

私がスキル鑑定を受けた七秒後のことである。

「あ、あのぉ、勇者様、こちらは獣人の方ですから、いくら賢者のスキルを持っていても魔法は使えないと思いますが……」

冒険者ギルドの人は私が獣人であることを怪訝な顔で勇者に伝える。

そりゃそうだ、常識で考えたら、獣人は魔法が使えないことになっている。獣人に【賢者】なんてスキル、豚に真珠ってものだろう。

しかし、当の勇者様は別になんとも思っていないようで、「お前、魔法使えるんだろ？　あたしにはわかるぜ！」などと私の目を見て聞いてくる。

私はとりあえず頷く。本当のことだったし。

「ほらな！　お前が魔法使えるなら、獣人とかどうでもいいよな！　あたしは田舎者だし、難しい話はわかんねぇし！」

私の返事を受けて、彼女は脳筋丸出しの返事をするのだった。

なるほど、田舎者にとってはどうでもいいことなのか……？

そんな感じに一瞬でも納得したのも悪かった。気づいたときには、なし崩し的に、彼女のパーティー破壊王《ザ・デストロイヤーズ》決定戦に加入させられていたのだった。

このパーティー名もめちゃくちゃであるが、やってることはもっとめちゃくちゃだった。

なんせパーティーに加入した次の日に魔王軍四天王の一角に攻め込もうとするんだもの。

その後、私の冒険者ランクはＦからＳへと垂直上昇。気づいたときには西の魔王を封印していた。

劣等種族の賢者だから、劣等賢者なんていうありがたくない二つ名さえ頂いて。


ここまで聞くと、むしろ「いい感じじゃない？」「自慢したいの？」って思うかもしれない。

しかし、魔王を倒してからの日々はご存知の通り。ブラックな職場でくすぶり続け、孤独に休みなく働く猫人となってしまったのだ。

フリーになった今、私は思う。

今度は絶対に間違えないぞ、と。

そう、私は冒険者としての出発地点からして間違えたのだ。

賢者なんていうスキルはいらなかった。

勇者パーティーに入って、魔王討伐なんてしたいわけでもなかった。あの頭のおかしい勇者だけにやらせとけば十分だった。

Sランク冒険者なんて称号が欲しいわけでもなかった。

私はただ「普通の冒険者生活」がしたかったのだ。

本当は素材集めにひぃひぃ言ってみたかった。

本当はスライムやゴブリンに苦戦してみたかった！

本当は新人冒険者をいじめるスキンヘッドの先輩冒険者と絡んだりしたかった‼

本当はダンジョンの奥に囮として放置されてみたかったぁあああああ！！！

心の奥底から魂の叫びが溢れてくる。

じゃあ、もう一度、冒険者としてやり直せばいいじゃないかと思うかもしれない。名前を偽って辺境に行って、ゼロからやり直せばいいって。

しかし、世の中は一筋縄ではいかない。

他人のふりをして冒険者ギルドに登録し直そうにも、大きな壁があるのだ。

それが冒険者ギルドに置かれた特殊な水晶玉の存在だ。公には解明されてはいないと思うけど、そいつに手をかざすと個人個人の魔力の波紋、別名、【魔力紋《まりょくもん》】を判別しやがるのだ。

魔力紋は一人一人が固有のものを持つ。他人のふりをしてもすぐに見破られてしまう。魔力で指紋を偽造するのは簡単だけど、おおもとの魔力紋はそうはいかない。

つまり、今の私が再登録したいと願っても、水晶玉には【Sランク冒険者：アンジェリカ】って表示されてしまうのだ。

Sランク冒険者なんてほとんどいないから、ド辺境にいようが、「大変です、ドラゴンが出ちゃいました！」てな具合に厄介ごとが舞い込んでしまう。

私ってば、お願いされると頑張るタイプだし、辺境でも過労でひぃひぃ言わされることになるのは目に見えている。

そんなのは嫌だ。私はもっとお気楽に暮らしたい。昼寝もしたいし、夜更かしだってしたい。

自由で気ままな冒険者ライフを楽しみたい！


その野望を諦めるかって？

この西の魔王を封じた賢者様を舐めるんじゃないよ。

今度こそお気楽ぐーたら冒険者生活を送るのだっ！

その執念だけは、あたしゃ誰にも負けないよ。

だから私は作り上げることにした。

禁忌の魔法、経歴詐称の大魔法を！

その魔法があれば、冒険者ギルドにある水晶玉の魔力紋測定を回避することができるはず。

「徹夜したって別に怒られないもんね！　にゃははは！」

私は無職ならではの異常な万能感と有り余る時間を利用して、禁忌魔法の開発を急いだのだった。

私の家はランナー王国の外れにあるし、訪問客の予定もない。盛大に独り言を言いながら研究に励むのだった。


「ふはははは、この世界の理《ことわり》よ！　我の前にひれ伏すがいい！」

数日後、私は魔王のような言葉を吐きながら、とびきりの魔法を完成させた。

その名も【猫の液体仮説《ビヨンドザルール》】。

これは猫がこの世界の理を無視して、液体のように体の形を変えて花瓶に納まったり、階段をにょろにょろと流れ落ちたりする様をヒントに開発された魔法だ。

何が起こるかというと、すなわち、魔力紋の書き換えを可能にする。全くの別人に成り代われるわけで、これが公になれば冒険者ギルドは上へ下への大騒動になるだろう。

仕事をクビになった暇人ならではの奇跡的な集中力があればこそ完成できた、まさに禁忌の魔法！

にゃははは、私ってばすごい！

私の予想では魔力紋が書き換わる際にちょっとしたショックが走ると思われる。服がはじけ飛ぶのは嫌なので、下着姿になっておこうかな。

傍から見ればバカな人みたいだけど、ここには私しかいないし、別にいいもんね。

よぉし、いざ、禁忌の魔法、大発動！

これで私も人生やり直せるっ！　うははは！

……いざ発動となる瞬間のことである。外から何やら声が聞こえてきた。

「わぅううっ、助けて下さぁい！　魔法が、魔法が出ないんですぅうう！」

助けを呼ぶ女の子の声が。

賢者様、色々困った奴が弟子にしてくれと押しかけてきましたよ

「わぅううっ、炎の矢よ、姿を現せぇ、ファイアアローっ！　ファイアアローですぅうう！」

家の外を見ると、フードをかぶった女の子が熊型のモンスター、キラーベアに襲われていた。

外傷はないようだけれど、魔法が出ずに困っているようだ。焦って杖を振るも、なんの反応もなし。

魔力切れか何かで魔法が使えなくなったのかな。

声も若い感じだし、おそらくは新米冒険者なのだろうか。ファイアアローなんて初歩の魔法なんだけど、それさえ使えないなんて。

「【超音速の右爪《ソニックブーム》】！」

今日は私の人生の素晴らしきターニングポイントなのだ。

外で悲鳴を上げられたり、あまつさえ殺傷事故を起こされるのはたまらない。

しょうがないので、真空刃を出す魔法でさくっとモンスターの首を飛ばす。人に悪さをする魔物に

は容赦しない私なのである。

「大丈夫？　怪我はない？」

熊が沈黙したのを確認すると、フード姿の女の子に近づいてみる。

「は、はぃいいい……」

年は一五歳ぐらいだろうか。茶色い髪の毛につぶらな瞳が特徴の、かわいらしい女の子だった。身長は私よりも頭一つ大きいようだ。というか、私が小柄なんだよなぁ。

私はへたり込んでいた彼女をなんとか立たせて、うちの中に入れてあげることにした。

服装は魔法使い然としたローブ姿だけれど、結構いい装備を身に着けている。

いかにも新米感がぬぐえないのは別にして。

「あっ、ありがとうございますぅううう！　私、魔法が使えなくて……、本当に使えなくて……、ぐすっぐすっ」

キラーベアがよっぽど怖かったのだろう。

彼女は私の手をとって、泣きながら感謝してくるのだった。

「よしよし、辛かったね。ここら辺は危ないから、この魔物除けをもって明るいうちに帰りなさい」

私は彼女をあやすと、街へ戻る道順を教えてあげることにした。

魔物除けがあれば襲われることもないだろうし、まっすぐ歩けばすぐに帰れる。

え？　泣いている女の子に対して、扱いが冷たすぎるって？

だって、正直、帰ってほしかったのだ。

私は今から禁忌の魔法を使うんだよ？

魔力紋を書き換えて、赤の他人になるんだよ？

この猫魔法は冒険者ギルド的には微妙なラインだからね。法律違反じゃないだろうけど、グレーゾーンであることは間違いない。そんなのを使っているのを見られるのは勘弁してほしいでしょ。

そういうわけで、私のすべきことは彼女を一刻も早く追い返すことだった。

だが、しかし。

「あ、あのぉ、あなた様は新緑の賢者様ですよね？　わ、私、ライカって言います！」

彼女はなんとか泣き止むと、私の手をがしっと握ってくる。体の線の割に、もんのすごい力である。

「ぅあぃだぁっ!?」

可愛くない声をあげて、びっくりしてしまう私。

ちっきしょう、あんまり痛いんで腹から太い声が出ちゃったじゃないの。

ちなみに新緑の賢者っていうのは私の二つ名だ。髪の毛が新緑のように明るい緑色をしていることからついたのである。見たまんまだけど、劣等賢者なんて呼ばれるよりは全然好きだよ。

「お願いですっ、私を賢者様の弟子にしてくださいっ！　そのために旅をしてきたんですっ！」

しかも、彼女はとびきり不穏《スパイシー》なことを言い始める。

すなわち、弟子入り志願、である。

この私に、このタイミングで。

「えぇええ、ちょっと止めてよ。私、これから忙しいんだけど！」

もちろん、断る。躊躇《ちゅうちょ》などない。

だってこれから魔力紋を書きかえて、ド庶民Fランク冒険者になるという偉大な魔法を実践するのだ。Fランク冒険者に弟子なんかいたら、変な目で見られるでしょ？

私は過去を捨てて、一介の冒険者としてやり直す。

敢えて言おう、弟子なんかいらん、と！

「そこをなんとか！　私、賢者様に憧れて魔法使いを目指したんですけど、魔力ゼロだって魔法学院から追い出されて……、悔しくて、悔しくて、ここに来たんですぅううう！」

「あだだだだ!?　骨が折れ、折れりゅうううっ」

彼女はなんだかんだ言いながら感情が高ぶってしまったらしい。私の手をさらにぎゅうっと握ってくる。みしぃっと嫌な感触が私の手に広がり、思わず、手を振りほどく。

なんなんだ、この子!?

すごい馬鹿力である。両手が砕けるかと思った。

「えーと、一旦、落ち着こう？　いいね？」

「はい、申し訳ございません。私ったら、お師匠様になんてことを……」

「弟子じゃないから！」

彼女はもう弟子になったつもりらしい。

あれ？　ちょっと思考がおかしい系の女の子なのかな？

受け答えも的を射ないし、嫌な予感がしまくる。ううむ、それなら尚更、弟子にするのは危険だよ。もっともらしい理由をつけて、さっさと追い払わなきゃならない。

あたしゃお人好しだからね。安請け合いをして痛い目を見るのはこりごりなんだ。

「えぇとね、私はとっても忙しいんだ。これから大事な任務があるんだよ！　ドラゴンとかモルボルみたいなのをやっつける、どえらいやつが控えてるの！」

仕事を言い訳にすればわかってもらえるはずだ。もはや無職になって仕事も予定もない暇人だけど、嘘も方便ってやつである。

「わかりました！　お師匠様が戻っていらっしゃるまで、ここで待たせていただきます！　お師匠様のベッドもありますし、お利口にしてます！　ライカはお留守番でもめげません！」

もんのすごくきりっとした表情で彼女はそんなことを言う。

何もわかっとらんじゃないか、こいつ。

しかも、ここで待つって言うな。

せめて、外で待つって言ってよ、ここは私の家だぞ!?

今日が初対面であるにもかかわらず、私のベッドで寝ますって宣言するのは、すごい度胸である。

「そ、そこをなんとかぁああ!?　ベッドがダメなら、ソファだけでもぉおお！」

ダメだと首を横に振るも、涙目になってすがってくるライカ。

彼女は古風にも土下座をして、どうにか弟子にして欲しいと懇願《こんがん》してくる。

必死な彼女には気の毒なものを感じるが、こっちにも事情があるのだ。

実力行使で出て行ってもらうしかない。

私はこう見えて、元・冒険者である。体つきは小さいが力には自信があるわけで、こんな娘っ子、簡単につまみ出せるはず。

「どぉおおりゃあぁあああ、……あ、あれ⁉」

ところが、である。

彼女は全然動かないのだ。

いくら私の体つきが小さいとはいえ、思いっきり立たせようとしてるんだよ。ぴくりとも動かないなんておかしいでしょ。

なんなのよ、この子⁉

とんでもなく着やせするタイプとか⁉


「いい？ これが最後のお願いだよ、家に帰りなさい。いい子だから、ね？」

最後にチャンスを与えようと、声を落ち着けて諭すように言う。

おそらく、彼女は意固地になっているのだ。こういうときは、むしろ優しく伝えたほうがわかってくれるはず。

「嫌です！ 賢者様の弟子にしてくださ、むぐっ⁉」

だが、諦めが非常に悪い子のようだ。

彼女は弟子にしてくれと、はっきり大きな声で言う。

「まぁだそれを言うのかい！」

しょうがないので、ひとまず猫魔法【客を呼んだ日の猫《サイレンス》】で口を閉じることにした。この魔法、相手を沈黙状態にするデバフ魔法なのだ。

「いい？　あなたは家に帰るの！　私は弟子をとらないからね！　わかった？」

私は彼女の目を見て、はっきり話す。

ここまで強く言えば、きっとわかるはずだ。わかってよ、頼むから。

「んんん！　んんがん‼　んんんんぐ！！！」

彼女は口がきけないくせに根性で何かを伝えようとする。

整った顔の女の子が瞳に涙を浮かべてぐむぐむ言っている様子には罪悪感を覚える。

ちょっと大人げなかったかな。

私は溜息を吐いて、彼女にかけた沈黙の魔法を解いてあげることにした。

しかし。

「私を賢者様の弟子にしてくださ、むぐがっ⁉」

この女、ぜんぜんわかってなかったのだ。

その後、こんなやり取りを三回ほど繰り返したけど、全くだめ。

ものすごい意地と根性でここまで来たらしい。敵ながら、あっぱれだよ。

最後には「だァーーーまァーーーれェーーー！！！！」と声を荒げちゃったもんね。

怒りと焦りで口から火を噴くかと思ったよ。

「はぁ、もう、あんたにゃ負けたよ。こうなったら本気出すしかないようだね」

根負けした私はとりあえず魔法を解く。

こうなったら最後の手段。身体強化の猫魔法【午前一時の運動会《ミッドナイトエンジェル》】を使って、この子をつまみ出すしかない。

この魔法は深夜になると家の中を爆走する、実家の猫の身体強化具合をヒントに作られたものだ。

昼間のぐーたら具合とは打って変わって、夜中の猫はものすごい。覚醒した悪魔みたいに暴れまわり、寝ている私の上にジャンプアタックしたりする。

言っとくけど、この身体強化魔法は伊達じゃない。

重ねたトランプを指でつまんで引きちぎるくらい朝飯前だよ。

なんなら、指先一つで火口から這い出ることもできる。

あんまり手荒なことはしたくなかったんだけどなぁ。ごめんね。

【賢者様の使った猫魔法】
超音速の右爪《ソニックブーム》：賢者様の実家で飼っている猫の右パンチは音速を超える。その速さと鋭さを参考に開発された魔法。真空刃を発生させて、対象をズタズタに切り裂く。賢者様が誇る四八の殺人魔法の一つ。
客を呼んだ日の猫《サイレンス》：見知らぬ客を呼ぶと、猫は警戒して近寄ってこない。黙りこくって喋りもしない。

その徹底した沈黙をヒントに生み出された猫魔法。平たく言うと、この魔法をかけられたものは喋れなくなる。ちなみに、飼い主以上に客に親しく気にしてくれる猫もいる。なんなのあれ、飼い主としては悔しい。

賢者様、泣く子も黙る「推薦状」を見せつけられて、ぐぅの音ぐらいしか出ない

「あっ、そう言えば推薦状みたいなの持っています！　これです！」

このライカという女の子を実力でつまみ出そうと、決意した矢先のことだ。

彼女は懐から手紙を取り出して見せてくれる。

「……推薦状みたいなの？」

嫌な予感がするが、出された以上は読むのがマナーだ。

その手紙にはこう書いてあった。

『命令書
私の孫娘、ライカを育ててやってくれ。断った場合には私の剣が火を噴くぜ。
剣聖　ライチョウ・ナッカームラサメ』

大きくて豪快な字で、とんでもない内容。

なんせ、タイトルが命令書である。推薦状ですらないじゃん！

「私の孫、育てろ、火を噴くぜ、剣聖ライチョウ……!?」

めちゃくちゃな手紙であるにも関わらず、私の背筋は凍りつく。目の前の彼女は、あの恐るべき剣聖の孫だということがわかったからだ。

とてもお世話になった大恩人のおば様である。

剣聖ライチョウ。勇者パーティ時代に私を鍛えてくれた、にっくきクソババアだ。あ、いや、訂正。

「いいかい？　魔法が使えなくなったらお前なんて秒でゴミなんだよ！」

そんなことを言って、私を巨竜の巣に落としてくれたり、断崖絶壁からダイブさせたり、とにかく無茶苦茶な修行方法で鍛えてくれた大恩人《サイコパス》である。

そもそも、あの剣聖は獣人だったはずである。柴犬人族《しばいぬじん》とかいう、名前からして凶暴そうな種族だったはず。

……ってことは？

「ふふふ、もちろん、私も獣人ですよっ！　生粋の獣人です！」

彼女はフードを脱いで頭を見せてくれる。

そこにはぴょこんと茶色い耳が鎮座していた。

「尻尾もありますよっ！」

さらにはお尻の方から犬獣人特有の大きめの尻尾もぴょいんと飛び出す。

うわぁ、ご立派でござる。

「ひへへへ！」

その尻尾は感情と連結しているらしく、何が嬉しいのか、ぱたぱたうるさい。

……なるほど、魔力ゼロとはそういうことか。

獣人の場合、どういうわけか魔力検定を受けてもゼロとしか表示されないのだ。私のように魔法をバリバリに使えても魔力はゼロと判定されてしまう。完全なる嫌がらせである。

獣人であるライカは魔力ゼロという偽りの情報で差別され、魔法学院から追い出されたのだろう。

気の毒と言えば気の毒。

だけど、厄介な奴の推薦状を持ち込んできやがったのも事実なんだよなぁ。

「これで私も弟子になれますね？　お師匠様！」

推薦状を渡したことで安心したのかライカはとても嬉しそうだ。

確かに彼女の髪の毛の色は、あの剣聖にそっくりだ。尻尾や耳の形も同じだし、馬鹿力なのもきっと遺伝だろう。

ええい、ちきしょう、なんで気づかなかったんだ、私。

この子がヤバいっていうのは、なんとなくわかってたじゃん！

さっさと爆発魔法でも使って追い出しちゃえば良かったんだよ！

剣聖の一族なら、爆破したって死なないだろうし。焦げるかもしれないけど。

しかし、である。

手紙を見た今となっては、断ることはできない。だって、あの人には恩があるし、おばあちゃんの元同僚だし、とにかく怒らせると怖いし。

「ぐぅ……」

奥歯をぎりぎりと歯噛みして唸るも、結論は一択しかない。

そう、命が惜しければ、引き受ける他ないのだ。

私はライカの嬉しそうな顔を見て、こう思うのだ。

こうなったら、プラスに考えるしかない、と。そう、これはチャンスかもしれない、と。

ひょっとすると、この子も私みたいに魔法が使えるようになるかもしれないじゃないか。私だって他の獣人が魔法を使えるようになるのは応援したいところでもある。

ただ、このライカっていう子、頭を使うよりも体を動かすほうが得意そうなんだよね。こんな子を弟子にしちゃって大丈夫だろうか。何事も才能ってものがあるとは思うし。

「えーと、ライカ君だっけ？　君はそもそも剣聖の一族なんだし、剣の道に進んだほうがいいんじゃないの？　そっちのほうが絶対に向いてると思うよ？」

「えぇ、でもぉ、私って魔法使いっぽい雰囲気があるじゃないですか？　剣で戦うよりも、魔法で華麗に敵をやっつけるのが向いてる人なんだって思ってるんです」

私が真剣な顔で問いかけるも、ライカはわけのわからん謎論理を持ち出してくる。

そんな雰囲気知らんがな。しかも、疑問形で言うな。

どっちかというと、魔法使いは一番似合ってなさそうなんだけど。

はぁ、と大きくため息が出るも、私の選択肢は一つしかない。

「……しょうがない、入門を許可しよう」

かくして私はこれから魔力紋を偽装するっていうタイミングで、弟子をとることになったのだ。

なんでこのタイミングなんだよぉおおお!?

顔は笑顔だけど、心の中で叫ぶ私。

「やったですぅううう！」

一方の、ライカは無邪気にめちゃくちゃ喜び、飛び跳ねる。

尻尾はうるさいぐらいにパタパタ言っている。

「これで魔法が使えるようになります！　小さい頃からの夢だったんです！」

弟子入り程度で涙を流すのはちょっとオーバーにすら感じる。そもそも、魔法が使えると決まったわけじゃないし。

だけど、彼女の気持ちはわからなくもない。

私も子供の頃、魔法を使うことに大きな憧れを抱いていた。おばあちゃんみたいに魔法で巨大な炎を出したり、氷の柱を出したりしてみたいと思っていたからだ。

彼女も私と同じぐらい、強い憧れを持っていたってことだろうか。

それにライカが魔法を覚えたら、これはこれですごいことなのだ。

私はあくまで賢者のスキル持ちだし、そもそも人間とのハーフだ。それに、おばあちゃんはそれこそ賢者として色んな功績を持っている人物でもある。

私がいくら魔法を使えても、冒険者の間では「賢者のスキル持ちだから」、「人間とのハーフだから」、「賢者の血を引いているから」なんて言われて例外扱いされていた。

だがしかし、だよ。

ライカみたいな生粋の獣人が私の指導で魔法を使えるようになったら？

それも、初級どころか上級魔法まで使えるようになったら？

……獣人だって魔法が使えると証明できるのだ。

そしたら、この世界の魔法に革命が起こる。

魔法の世界に新しい扉が開くことになる。

その思いつきに少しだけワクワクする私なのである。

「これでもう劣等犬のライカだなんて呼ばせませんよっ！　優等犬のライカになります！」

ライカはぴょんぴょん飛び跳ねる。

この子、魔法学院でとんでもないあだ名をつけられたみたいだ。

「そうだね、それは悔しいよね」

劣等犬なんて、あんまりな呼び名だと思う。

でも、こういうことは往々にしてよくあることだ。獣人《わたしたち》は劣等種なんて呼ばれて、魔法の世界では一段低く見られがちなのである。

しかし、魔法が使えたなら、その嫌な呼び名を覆すことだってできるはず。

もしも私が獣人への魔法教育理論を完成させたなら、私のもう一つの夢である、獣人のための魔法学院を作ることにもつながっていくかもしれない。

まぁ、今はのんびりしていたいし、ゆくゆくは、の話だけどね。

でも、その時にはあのアーカイラムとかいうエルフの女をぎゃふんと言わせられるかも。

「獣人のための魔法学院ですか！　それは本当に素晴らしいアイデアですよっ！」

「そ、そう？　それほどでもあるかなぁ」

ライカのおだてる声に乗せられて、私の中でむくむくとやる気が湧いてきたのを感じる。

うん、Ｆランク冒険者をしながら弟子を育てるのも悪くないのかも。

「よぉし、ライカ君、一緒に魔法の道を極めようじゃないか！」

「はいっ！　頑張ります！　お師匠様！」

ライカの返事はこれまた素晴らしくハツラツとしたものだった。

彼女の純粋無垢な瞳に、私の中の淀んでいたものが澄み渡っていくのを感じる。

ふふっ、弟子を取るのも案外、悪くないかもねっ！

「それじゃあ、お師匠様が率いる魔法学院の名前を決めましょうよっ！」

「いやぁ、将来的な話なんだけど」

私がやる気を出していると、ライカがとんでもないことを言い出す。

いや、魔法学院って言ったって、校舎だってないし、弟子一人だけだし。

「お師匠様がいるところ、常に学び舎ですよっ！　よっ、アンジェリカ教授！」

「アンジェリカ教授……、わ、悪くないじゃないか……」

ライカの言葉に、ぐらっと心が動かされた。

アンジェリカ教授かぁ、いい感じだよ。しっくりくるじゃないか。

「そうですねぇ、将来的には色んな獣人さんが来るでしょうし、名前は犬猫ケモケモ魔法女学院がいいと思います！」

ライカは笑顔でなんだかピースフルな名前を提案する。

なんていうか、動物のお世話のための魔法を学ぶ学校みたいである。

それにしても女学院ってなんでよ。私は共学でもいいと思うけど。

「と、とりあえず考えとくからっ！」

もちろん、ライカの案を採用するわけにはいかない。

とはいえ、移動式の魔法学院というのは素敵なアイデアだよね。旅先でも教えられるし、どんな獣人でもウェルカムする感じがよく出ている。

こうして私は未来の魔法学院のスタイルを思い描き始めたのだった。

【賢者様の仲間】
ライカ・ナッカームラサメ：柴犬族の剣聖の孫。普通にしていれば犬耳と尻尾つきの美少女。彼女の家系は剣の達人のはずだが、なぜか魔法使いを志望している。魔法学院から追放され、賢者様のもとに辿りついた。賢者様より身長は高く、なんやかんや大きい。

賢者様、名前を変えて、ついに野望の第一歩を歩み始めるよっ！

「それで、お師匠様は一体何をされようとしてたんですか？」

弟子入りの叶ったライカは、目をキラキラとさせて質問してくる。その瞳は汚れを知らない少女特有のもので、なんだかものすごく懐かしく感じる。

ええい、感慨にふけっている場合じゃない。彼女の純朴さに心惹かれている場合でもないのだ。

邪魔が入ったとはいえ、私は自分の野望を達成する一歩を踏み出さなきゃいけない。

そう、人生をド庶民モブFランクから再スタートするという野望を実行に移すときなのだ。

しかし、急遽《きゆうきよ》弟子になったライカにはどう説明をするべきか。

ぐぅむ、私の苦労は絶対にわからないだろうし。身の上話をするのも好きじゃないしなぁ。

「ふふふっ、それならもう伺ってますよ！　私、耳がいいですから、お師匠様のひとりごとがずーっと聞こえてましたもの！」

「げげぇっ!?　嘘でしょ!?」

「がん聞《ぎ》こえですよ！　最初は泣き叫んでベッドで足をバタバタしてましたし、それから突然笑いだすと、冒険者ギルドの水晶玉を出し抜くとかおっしゃってました！」

「がん聞《ぎ》こえ!?　……でも、それって三日前のことじゃないの!?」

「三日前から外で待機してました！　お師匠様があまりに研究に夢中だったので、お邪魔しちゃ悪いとテント生活してたのです！　最後はクマに襲われましたけど」

「うわっ、やばっ⁉　あんたそれ犯罪だよ、ほとんど！」

「えへへ！　次回からは気を付けます！」

ライカがまさかなことを言い出す。

こいつ、家の外で聞いてやがったのだ。

私が部屋で「うぎぃ～、あんのクソエルフめぇ～！」と絶叫していたことも。私が魔王みたいな顔で「ぐはははは！　あたしゃ世の理を超えたぁああ！」などと笑っていたことも。

くぅぅうう、恥ずかしい。

「でもでも、別人になるなんてもったいないですよ！　お師匠様は獣人でありながら魔法を使える唯一の存在なんですよ！　この世界の奇跡です！」

ライカは真剣な表情で、思いとどまるように言ってくる。

確かに獣人で魔法使いなのは私ぐらいなものだろう。

しかし、私の決意は固い。魔力紋を変えて、名前を変えて、スキルも変えて、赤の他人としてスタートするのだ。

「えぇっ、お名前も変えちゃうんですか！　先祖から伝わる大事なものですよ！」

名前を変えるというと、ライカはびっくりした顔をする。

そういえば、柴犬人族は家族のつながりが強いと聞く。彼女たちからすれば、名前を変えるのはご法度なのかもしれない。

とはいえ、こっちにも切実な理由があるのだ。

「そりゃあ、そうでしょ。私の名前、アンジェリカ・ロイヒトトゥルム・エヴァンジェリスタっていう名前なんだよ？　目立ちすぎるじゃん！」

そう、私の名前はとにかく長くて派手なのだ。

家名がなぜか二つくっついているのもまどっろこしいし。

「かっこいい名前じゃないですか！　いかにも、主人公って感じです！」

ライカは私の名前を褒めてくれる。

それはそれで嬉しいことだ。しかし、だからこそ、だめなのである。

「今度は地味で目立たないFランクにふさわしいような、シンプルかつモブっぽい、それでいてカワイイ名前にしなきゃいけないわけよ！」

まず一番大切なことは目立たないことだ。

目立ちすぎると、私のことを詮索する輩も現れるかもしれない。楽しいFランク生活を始めるには名前からして平凡な感じじゃなきゃだめなのである。

とはいえ、ある程度かわいくないとなぁ。新しい門出がゲレゲレとかじゃ燃えないし。

「でっ、でも、いつか心変わりして別のランクに上がるかもですし！」

「ふぅむ、確かに心変わりすることもあるか……」

ライカはなおも、食い下がってくる。

しかし、この子の言うことも一理あるかもしれないな。

Fランクに飽きて、ちょっとランクを上げたいなぁって日もくるかもしれない。

冒険者にはランクごとに様々な楽しみがあると聞く。

Cランク冒険者になって、後輩の前でイキったりとかしてみたいし。Bランク冒険者になって、

「ここは俺に任せて、先に行け！」とかやってみたいし。

そんなときに、ボロンゴとかプックルじゃ、ちょっと格好がつかないかな。

と、いうわけで名前を考えること一〇秒。

私の脳裏に素晴らしいアイデアが浮かび上がる。

「よぉし、私の名前はアロエに決めた！　そこはかとなく弱そうな名前だし、植物系だし目立たなそうだし！」

アロエ、それが私の新しい名前なのである。

ふふふっ、この名前には我が一族の深遠なる秘密が隠されている。

だけれど、それを解ける人物はおるまい。まさに深遠なる叡智。

「さすがはお師匠様です！　でも、単にお名前の頭文字を持ってきただけですよね？　アンジェリカの『ア』とロイヒトトゥルムの『ロ』と……」

ライカがまさかの秘密撃破《トリックブレイク》。

ちっきしょう、この子、頭がよろしくなさそうだったのにどうして解いちゃうの!?

とはいえ、ここで反応したら正解だと認めたことになる。

私はコホンと咳払いをして、強引に話題を変えることにした。

「えぇっとぉおおお！　次は髪だよ！　私ってほら、正真正銘の主人公属性である緑髪で目立っちゃうでしょ？　これも紺色とか、赤茶色とかそういうのにしようと思っているんだ。今流行りのツーカラーもいいかも」

次に変えるのは、明るい緑色の髪の毛である。

この髪色はおばあちゃん譲りで、私の二つ名である【新緑の賢者】のもとになった髪色だ。

髪のケアは大好きなので、自慢じゃないがツヤツヤだ。この髪は正直気に入っている。

だけど、緑色の髪って、目立っちゃうでしょ？

いかにもヒロインっていうかさぁ。うふふ。

「もったいないですよ、きれいな髪なのに。……でも、緑髪ってそこまで正統派ヒロインじゃなくないですか？　ほら、普通はピンク髪とかですし。勇者パーティーの聖女様とかすごくきれいな桃色の髪で」

私がふふんっと鼻を鳴らすのもつかの間、ライカがとんでもないことをぶち込んでくる。

うすうす感づいてたよ！

緑の髪色はピンク髪に負けてるかもって！

だからって面と向かって言わなくても良くない⁉

「謝れぇええ、この世界の全ての緑髪に謝れぇええええ！　私だってなんとなく知ってたし、気づいてたし‼　それと、あのピンク髪の女のことなど話すなぁあああ！！！」

「ひぃいいいいいい⁉　ご、ごめんなさぁあああい！」

【賢者様の猫魔道具】


しかも、ライカが例に出したのは、あのにっくきピンク髪の聖女のことなのだ。

言っとくけど、私、聖女《あのアマ》とは同僚だったけど、そんなに仲良くないからね。

話題に突如として嫌なやつが出てきたので、思わず我を忘れて声の大きくなる私なのであった。

ふぅ、私としたことが年下の女の子に翻弄されてしまった。

いかん、いかんぞ、落ち着かねば。これでは禁忌の猫魔法を使う精神状態になれないじゃないか。

私はオリジナルの猫魔道具、【イライラ解消爪とぎ】を取り出すと、ガリガリと爪を立てる。これは猫がイラッとした次の瞬間、爪とぎ行為を通じてストレスを解消する様をヒントに考え出された魔道具なのだ。

がりがりがり、がりがり……。

爪にボール紙が当たるたびに脳内がすっきりしてくる。

「あ、あのぉ、お師匠様……？」

「黙ってて」

「は、はいぃ……」

私が爪とぎをしている様子をライカは怪訝な声で尋ねてくる。

しかし、何人たりとも私の爪とぎをジャマすることはできないのだ。

ふぅ、すっきり。

イライラ解消爪とぎ：猫がイラついたときに爪を研ぐ道具をヒントに開発された猫人専用の魔道具。爪をたててガリガリやるだけでストレスが解消される。とても便利であるが、周りにゴミが散るのが玉にキズ。ちなみに賢者様は木製よりも紙製の爪とぎを好む。

賢者様、魔力紋偽装の禁忌魔法【猫の液体仮説《ビヨンドザルール》】をついに発動させますよっ！

「それじゃ、お待ちかねの禁忌魔法を発動させるよ。危ないから下がってて」

私は魔法陣を出現させると、禁忌の猫魔法を発動させる。

魔法の名は【猫の液体仮説《ビヨンドザルール》】。

猫は普通にしていると固体ということになっている。

だけど、ときおり液体のように箱にすぽっと収まったり、階段をにゅるにゅる落ちてきたり変幻自在に形を変える。

いわば、猫とはこの世界のルールから解き放たれている存在。

この魔法は猫のそんな特性をヒントに開発され、魔力紋を書きかえることができるはずなのだ。

まぁ、あくまでも偽装するだけで、本質的な能力は変わらないんだけどね。

さぁ、やるぞっ！

「世界の理から逸脱した、あまたの猫たちよ……」

ごごごごごごごご………

魔法の詠唱を開始すると、膨大な魔力が私の体から放出される。

地響きのような音がして、部屋の壁がぴしぴしときしみ始める。

目の前に現れる魔法陣は一般的なものとは異なり、だいぶ、禍々しいものだった。私自身でさえ、緊張のあまり、ごくりと喉を鳴らす。

「かっこいいですねぇ！　何はともあれ新しいお師匠様が生まれるなんてわくわくします！」

そんな魔法陣を見ても、ライカの声のトーンは明るいままだ。

獣人の中には魔法自体を怖がる人もいる。その意味では、彼女には才能があるのかもしれない。

頭《おつむ》が単純すぎて恐ろしさが理解できていない可能性も大いにあるけど。

いけない、いけない、目の前のことに集中しなきゃ。

「さぁ、私の魔力紋を書き換え、新しい存在へと生まれ変わらせておくれっ！」

私がありったけの魔力を込めると、魔法陣から液体と固体の二匹の猫が登場。

液体の猫はでれでれと進み、個体の猫はさっそうと歩く。

液体の猫はにょろにょろと蛇のようにのたうち、固体の猫は山のように不動になる。

液体の猫はあるときはバケツにはまり、あるときは容器にはまる。

固体の猫はびしっと二つの足で立ったり、マッチョになったりする。

固体と液体の終わりなきパレード。それが猫の本質なのである。

しかし、それらはぐるぐると回り始め、混じり合っていき、やがて光の帯を作り始める。

「うわわわわわ！　す、すごいですよっ！　猫ちゃんが光ってます！」

ライカが興奮して声をあげる。

我ながらすごい魔法である。

ばしゅうううんん………

風吹のような音と共に凄まじい光が足元から沸き起こり、私の視界はホワイトアウト。

――気がついたときには、私は床に突っ伏していた。


「ひぇええ、お師匠様の服が吹っ飛んじゃいましたよぉおお!?」

ライカの驚く声が部屋に響く。

記念すべき禁忌魔法の発動だったのに第一声がそれか。

しかし、ここで私も我に返る。

「は？　服が吹っ飛んだ？」

あ、いっけない、魔力紋書き換えのショックで服が弾けることを忘れていた。

「見たか、これぞ禁忌魔法だよっ!」ってやろうと思っていたのだが、すっぽんぽんじゃ恰好がつかない。とりあえずローブを羽織ることにした。

「す、凄いです！　お師匠様！　なんだかちょっと別人ですよっ！」

ライカはそういうと私の目の前に姿見を持ってくる。

「こ、これが、私……」

そこには髪が紫がかった銀色になった猫人が立っていた。

顔は私にそっくりだけど、髪色だけでも印象はだいぶ違う。別人になるのって、なんだか変な気分である。

私はほっぺたを触ったり、ジャンプしたりして体の感覚を確かめる。

うん問題ない、いい感じだよ。魔力だって、そのままみたいだし魔法も使えるはず。

魔力紋の書き換えはすぐにはわからないけど、たぶん、大丈夫だろう。

「うふふ！　相変わらず、かわいいですよっ！　イメチェン成功ですねっ！」

ライカはきゃあああなどと言いながら飛び跳ねる。

あんた、あたしゃ師匠だよ。かわいいとか言うもんじゃないよ。

第一、これはイメチェンなんて甘いもんじゃないんだけどなぁ。

だけど、素直に嬉しい。

新しい私もいい感じかもしれない。なんていうか、何もかもがしっくりくるのだ。

まるで昔から、この体を知っていたような感覚というか。

「それにしても、体型とかは変わらないんですねぇ」

ライカは私の体を眺めると、うふふと笑う。

……よく考えたら、その通りだ。

どうして、この姿で落ち着くのかって考えたら、ほとんど体型が変わってないからだ。

身長とか一切変わってないぞ、こりゃ。

しかも、あれだ。

「……まさか」

私は自分の胸元やお尻に手を当てて感触を確認。

それから、しばし絶句する。

「だぁあああ！　しまったぁあああ、ナイスバディのぷりんぷりんにするの忘れてたぁあああ！」

頭を抱えて絶叫する私である。

別人になるにあたって、いっちばん大切なことを忘れてしまっていた。

今までのちんちくりんを卒業するいい機会だったのに！

もっとこうなんていうか、高身長でぱっつぱつになる予定だったのに！

あぁあ、やっちゃったよ。

「大丈夫ですよ。私はこのサイズのお師匠様が大好きです！」

私より頭一つ背の高いライカはそう言って私を抱きしめてくれる。

相変わらず馴れ馴れしいやつだが、問題はそこじゃない。

彼女の抱擁によって、暴力的に柔らかなものが私の顔を包むのだ。

「ふぐはっ⁉」

こ、この子、でかいっ⁉

魔法使いのローブを着ているから今の今まで気づかなかったけど。

「ええい、君は自重ってものを知りなさい！」

ちくしょう。

持っている者は、いつだって、持たざる者を傷つけるのだ!!


後日談。

ちなみに、後でこっそり二度ほど禁忌魔法を繰り返してみたものの、やっぱり体型は変わらなかった。ちっきしょう。覚えてろ。

【賢者様の使った猫魔法】
猫の液体仮説《ビヨンドザルール》：猫は固体か、液体なのか？　古今東西の様々な賢人が議論するほど重要かつ哲学的な話題である。世界のルールに対してさえも曖昧な猫の態度をヒントに生み出された魔法。冒険者ギルドの水晶玉の鑑定魔法を突破することができると目論んでいる。あくまでも魔力紋を変更することに重点が置かれているため、能力は変わらない。悪用厳禁。

ジャーク大臣の野望と没落：邪魔者は追い出したので、ついに国盗り物語が本格スタートします!?

「ついにあの邪魔者を追放してやりましたね！」

「お見事でしたよ、大臣様！」

ここはランナー王国。

アンジェリカがつい先日まで宮廷魔術師をしていた国である。

王宮の一室では、ジャーク大臣とその取り巻きたち、レイモンドとカヤックが品のない笑い声をあげていた。

「当然ですよ。あの獣人はうろちょろして目障りでしたからね。そもそも、劣等種に宮廷魔術師など務まるはずがないのですよ」

大臣は取り巻きたちの称賛に気分を良くして、ふふんと鼻を鳴らす。普段は表情一つ変えない彼であるが、アンジェリカの解雇はよほど喜ばしいことのようだ。

「国王は病に伏せっていらっしゃいますし、これでこの国は大臣様のものです」

取り巻きの一人はさらに小ズルい顔をして、そんなことを言う。

その表情は秘密を共有するもの同士のいやらしさに溢れていた。

「全ては大臣様の計画通り、順調ですな！」

大臣は取り巻きの言葉に深くうなずく。

そう、彼らはこのランナー王国を手に入れるための陰謀を張り巡らせていたのだ。

「ふふふ、後は隣国、ワイへ王国を攻め落とすだけです！」

「さすがは大臣様！」

「私たちの誇りです！」

大臣は目の奥をらんらんと輝かせて、取り巻きの賛辞に応じる。

取り巻きたちは大臣の機嫌を窺《うかが》い、さらにおべんちゃらに終始する。男たちのみっともない馴れ合いが繰り広げられるのだった。

しかし、その空気を破壊するものが現れる。

「だ、大臣様！　街道にモンスターが出始めましたぁっ！」

部下の一人が大臣の執務室に駆けこんできたのだ。

「な、なんですか、みっともない！　モンスターごとき、どうして退治できないのです！」

大臣はルールとマナーに厳格な男である。

ノックもせずに入ってきた部下を叱責する。

「も、申し訳ございません！　で、ですが、非常に強いモンスターです。冒険者はおろか、宮廷魔術師の若手三人衆も歯が立たず逃げ帰ってきました！」

「な、なんですって⁉」

部下の報告によると、宮廷魔術師の三人組が討伐に向かうも返り討ちにあったとのこと。

命に別状はないというが、評判を落としたことは間違いなかった。

「ええい、あの者どもも末席とはいえ宮廷魔術師の端くれ。名前を汚すなんて許せませんね……」

大臣はぎりぎりと歯噛みをする。

彼自身、宮廷魔術師から大臣へと成り上がった男である。無能な部下にいらだちを隠せない。

もっとも彼は知らない。

ここ一年間、宮廷魔術師の多くは実戦に出ていないということを。ほとんどのモンスター討伐はアンジェリカが何気なく終わらせてしまっていたのだ。

「魔法兵団を出して数で抑え込みなさい！」

大臣はふぅっと息を吐いて怒りを鎮め、比較的冷静に指示を出すのだった。

この大臣、獣人への差別感情は別にして、ただの愚か者ではない。必ず勝てる戦いをする狡猾な男なのである。

「さて、レイモンドさん、カヤックさん、いよいよ、計画を実行に移すときです」

ひと悶着が過ぎると、大臣は取り巻きの二人に再び向き直る。

一人の男の名前はレイモンド。

人呼んで、漆黒のレイモンド、という人物である。

長く伸びた黒い長髪に切れ長の黒い瞳。肌も浅黒く、おそらくは下着も黒い、吐く息さえも黒そうな男だ。もちろん、その腹の中も真っ黒である。

眼光は鋭く、暗殺者のような色を放っている。それは彼の扱う魔法によるところが大きい。

「ははっ、このレイモンドにお任せください。必ずや、ワイへ王国を混乱の渦におとしいれて見せます」

彼は跪《ひざまず》きながら、にやりと邪悪な笑みを浮かべる。

宮廷魔術師でありながら、裏の仕事ばかりを好んで担当している男である。魔道具の製作を得意とするが、呪術にも長けていることで知られていた。

「いやいや、このカヤックにお任せください！」

そして、もう一人の男がカヤック。腹がつきだした大柄な男である。

モンスターを操る魔獣使いであり、彼もまた大臣直属で裏の仕事を行う邪悪な男であった。

この二人の男は宮廷魔術師の出世競争で競い合う仲であり、二人ともに今回の仕事も任せてほしいと志願する。

「大臣様、流通は国の血液です！　このカヤックがワイヘ王都までの街道をずたずたに引き裂いてご覧に入れます！　つきましては、先日手に入れた魔獣と魔道具をお貸しください！」

そんな中、カヤックは一歩前に出て、自分の策をアピールする。

それは隣国の街道をモンスターで襲わせるという極悪極まりないものだった。

彼の狙いは戦果だけではない。大臣が手に入れた強力な魔獣を実戦で使ってみることにあった。

順当に行けば、ワイヘ王国に大きな打撃を与えることになるが、それはすなわち、多くの人々を傷つけることに他ならない。だが、カヤックに咎めるような良心は備わっていなかった。

「くふふ、それではカヤックさん、頼みましたよ」

大臣は満足そうな笑みを浮かべて、カヤックを選ぶことにした。

まずは経済的な打撃によってワイヘ王国を揺さぶるのが得策であると考えたからである。

先を越されたレイモンドは軽く舌打ちをする。

こうして邪悪な大臣たちの隣国侵略の陰謀が始まるのだった。

しかし、彼らは知らない。

その隣国、ワイヘ王国に彼らが追放したアンジェリカが向かいつつあることを。

ライカの決意：劣等犬のライカが賢者様に弟子入りをするまで

「おばあ様、どうして私たちは魔法を使えないの？」

私は柴犬人、名前はライカ。

剣に生きる一族に生まれ、幼い頃から研鑽《けんさん》を続けてきた。

子供のころ、私は一族の代表でもある祖母に冒頭のように尋ねたことがある。

それは素朴な疑問だった。

世の中に魔法というものがある。とても便利なもので人々の生活を快適に変えている。

それなのに、私たち獣人だけが使えないのだ。

これはどう考えてもおかしい。

子供心にそう思ったのだ。

「私たちは力が十分に強いだろ？　だから、魔法なんて使えなくていいんだ。……わかったね？」

おばあ様は優しい人物だ。私のお願いはなんだって聞いてくれるし、なんだって叶えてくれる。

だけど、魔法が使えるようになるとは言ってくれなかった。

おばあ様の返事の裏に、「この質問はもうおしまい」という気持ちを見抜いてしまった私は、もう二度とそんな質問をすることはなかった。

子供のころ、私は沢山の魔法物語に憧れた。いつだって私の心を惹きつけるのは、色とりどりの魔法だった。大地を割り、天から雨を降らせ、悪を倒し、人々を救う魔法使いだった。

でも、剣を振るう日々の中に魔法は存在しなかった。幼いころの憧れは徐々に掻き消えていく。

そんなある日、信じられない話を聞いた。獣人でも魔法を使う人物がいるという噂話だ。

種族は猫人。笑顔が素敵なアンジェリカという名前の女性だとのこと。

その知らせには心が躍った。

いや、実際に飛び上がって喜んだ。

くるくる回って踊ってしまったし、雄たけびさえもあげてしまった。

だって、これはものすごいことなのだ。すっごいことなのだ。

獣人は魔法が使えない、そう言われているのに。使える人がいたんだ！

すっごく、すっごく、ものすっごく驚いた。

しかも彼女は様々な魔法を使い、西の魔王を封印してしまったとのこと。プチファイアだとか、そんな子供だましの魔法じゃない。まさしく、魔法の達人とも言える人物だった。

「ひょっとしたら、私でも……!!」

その話を聞いた私は居ても立ってもいられなくなった。

魔法を学んでみたくなった。

私なら魔法が使えるようになるんじゃないかって根拠のない自信さえ芽生え始めた。

「おばあ様、私、魔法学院に入りたいです！」

私は一四歳になったのを契機に、魔法学院に入学することを決意する。

人間族やエルフ族の子弟は大都市にある魔法学院に入学して魔法を学ぶと聞いたからだ。

「ライカ、あんたは一族を代表する達人になれるんだよ？　……本気かい？」

「本気です！　私もアンジェリカ様みたいになりたいんです！」

「……ぐ、なら仕方ないね」

おばあ様はいつだって私の味方をしてくれる。

最初は渋っていたけれど、私の熱烈なお願いに根負けして応援してくれることになった。

「やったぁあああ！　おばあ様、大好きですっ！」

私は浮かれていた。

魔法学院に入りさえすれば、魔法が使えるようになると思い込んでいたから。

剣の道のように、魔法の道も努力すればなんとでもなるって思っていたから。


……だけど、現実は違った。

魔法学院に入った私を待っていたのは、嘲りと罵りの毎日だった。

私は魔法の才能が一切なかったのだ。

魔力の鑑定はゼロ。一切の魔力を持たない能無しと言われた。

魔法を学ぶクラスでは、他の生徒どころか先生からも相手をされず、空気扱いされていた。

図書館で知識を身に着けようと思っても、獣人だという理由だけで本の貸し出し拒否にあう。

そう、魔法の使えない獣人は「劣等種」だったのだ。

私は幼いころから獣人族に囲まれて育った。だから、自分たちが劣等種って呼ばれていることに気付かなかったし、獣人であることに負い目を感じていなかった。

今思えば、おばあ様をはじめとして、家族の皆は私を守ってくれたのだろう。世の中の醜い部分に気づかないようにって。

だけど、その愛情が届かない魔法学院では、盛大に社会の洗礼を受けることになった。

何をやっても、ご飯を食べても、劣等種、劣等種と陰口を叩かれ続けた。

いつの間にか私は「劣等犬」だなんて、不名誉なあだ名で呼ばれるようになっていた。


友達もおらず、皆からバカにされて過ごす日々。

私は歯を食いしばって、一年近く、魔法学院に通い続けた。

悔しかった。泣きたかった。何より、私を応援してくれた家族に申し訳なかった。

だから、耐えた。

少しでも魔法をものにできるように、必死に授業に食らいついた。朝から晩まで努力した。

だけど、それはただの悪あがきだった。

ある日の朝、私は起き上がることができなくなっていた。

起き上がろうとすれば吐き気がこみ上げて、まともに歩くことができないのだ。

私の知らない間に、私の体と心はズタボロになっていた。

とっくに限界を迎えていたのだ。

そして、私は魔法学院を退学することになる。

空っぽになった私はもう涙も出なかった。


「ライカ、今日はいい天気よ、お散歩してみない？」

「……今日はいい」

家に帰っても私の心はしばらく止まったままだった。

誰に誘われても、外に出ることができなかった。

私はなんのために生まれてきたんだろう。

大好きなおばあ様に迷惑をかけて、一族の名前に泥を塗って何がしたいんだろう。

私はゼロ。

才能も価値も、何もない。そんなことばかり考えていた。

私が魔法に憧れなければ。

私が自分の分をわきまえていれば。

私が獣人に生まれなければ。

私がわがままを言わなければ……。

自分を責める言葉はどんどん浮かんできて、私の心を切り刻んだ。

明るくて朗らかで素直な心を持ったライカという少女はいなくなっていた。

自分のことも家族のことも大好きな無垢な少女はいなくなっていた。

悲しくて、辛くて、ご飯もほどほどにしか喉を通らなかった。お代わりの回数も減った。


「ライカ、お前に会わせたい人がいるんだ」

そんな抜け殻のような日々を送っていたある日、おばあ様が私のところにやってきた。

私がふさぎ込んでいるので心配してくれたのだろうか。

「会わせたい人?」

「そうさ、びっくりするよ」

おばあ様は私を心配して、面白い人にでも会わせてあげようと思っているのだろう。その心遣いはとても嬉しい。誰かの笑い話や冒険譚を聞けば、一瞬だけでも心は軽くなる。

それはわかっている。

だけど、その後にものすごく私は私を責めてしまうのだ。

私に笑顔になる資格なんてないんだって。

「……いい、大丈夫」

だから、私はおばあ様の提案を拒絶した。

私はもう何をやってもだめだって思えてしまったのだ。

「甘ったれるな！」

それは今までに聞いたこともないような、低い声だった。

「ひ、ひぃっ!?」

「いいかい、お前も剣聖の一族なら、決めたことを簡単にあきらめるんじゃないよ！」

私のことを慰めてくれると思っていたら、おばあ様から飛び出したのはずしりと重い言葉。

ひょっとしたら、おばあ様に叱られたのは生まれて初めてだったかもしれない。

「お前は私の孫娘だ。何にでもなれる。世界の誰がお前を信じなくても、私が信じてやる」

「おばあ様ぁ……」

「私の孫に不可能なことなんかない、そうだろ？」

おばあ様の言葉は、どこかで聞いたことのあるものだった。

そう、剣聖語録その六「私の剣に不可能はない、とりあえず殺《や》る？」である。

なんべんもなんべんも聞いたことのある言葉だったけれど、今の私の心には強く響く。

不可能なんかない。

あるとしたら、それは自分が限界を設けたときなのだ。

おばあ様はきっとそう言いたかったのだろう。

「アンジェリカの居場所だ。この子に弟子入りして、どうしてもだめなら戻っておいで。そのときは、お前を本物の剣聖にしてやる」

　おばあ様は私にあの賢者様の居場所を教えてくれた。

　さらには弟子入りを応援するための推薦状まで。　おばあ様は賢者様とは見知った仲なのだそうだ。

　おばあ様の顔は相変わらず優しくて、私のことを心から思ってくれていることが伝わってきた。

　私は見捨てられてはいなかったのだ。　嬉しかった、心の底から。

「ひぐ、ひぐっ、うわぁあああ」

　私の口から言葉にならない嗚咽《おえつ》が漏れ出てくる。

　学院で受けた色んなことがボロボロと崩れ落ちていくのを感じる。

「おばあ様、おばあ様、ありがとぉおおっ！」

　私は抱き着いた。

　私の大好きな、大好きなおばあ様に。

　世界で一番強くて優しい、私のおばあ様に。


　そして、私は一世一代の大勝負をすることになる。

　賢者様になんとしてでも弟子入りをする！

　絶対に、石にかじりついてでも弟子になります！

第2章

賢者様は
身分偽装してFランク冒険者で
まったりできる？

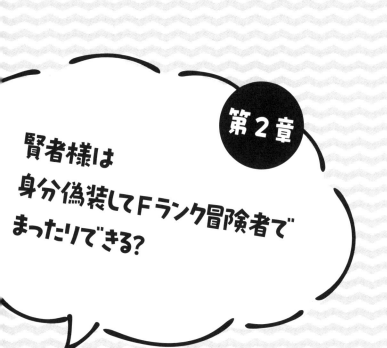

賢者様、新しい街に向かうも、ライカのスキルに驚きます！

「お師匠様！　ついに出発ですすね！」

奇跡の変身から一夜明けて、私たちは冒険者ギルドに向かう。

ライカは尻尾を揺らし、うきうきした表情である。

「このライカが荷物をお持ちしますよ！　私、こう見えて荷物持ちは得意なんです！」

ライカは張り切ってるけど、私は丁重に断る。

なんせ私は空間収納の魔法が使えるのだ。その名も【長毛種の無限収納《ミラクルインベントリ》】。

実家の長毛種の猫があれやこれやを毛の中に収納する様子をヒントに開発された魔法だ。容量に限りはあるけど、とても便利な魔法なのである。アイテムに毛がつくことがあるけど、私は気にしない。猫人だし。

「ひえぇぇえ、すごいですねぇ！　さすがはお師匠様、私の想像の斜め上の魔法です！」

ぽいぽいと必要なものを異空間に入れ込むと、ライカはさらに目をきらきらさせる。

ふぅむ、この魔法だったら彼女でも使えるかもしれない。犬だって毛の長いのはたくさんいるし、イメージしやすいかも。

そんなことを言うと、ライカは「その通りです！　我らがご先祖の柴犬様だって毛量はすごいのですよっ！」などと、夏毛と冬毛の違いについて熱心に教えてくれるのだった。

「お師匠様と私の魔法の旅がついにスタートするんですね！」

「……お師匠様？」

「えっ、お師匠様はお師匠様じゃないですか！」

いざ出発となったわけだけど、問題があることに気づく。ライカが私を呼ぶときの呼び名が、お師匠様、なのである。これから私はFランク冒険者になるっていうのに、『お師匠様』と連呼されるのはさすがに怪しまれてしまうのではないか。

ぐぅむ、どうすればいいものか……。

腕組みをして唸ること、五秒間。

私の脳裏には素晴らしいアイデアが浮かんでくる。

「よぉし、ライカは私を先輩って呼ぶこと！　私は今日からアロエ先輩だ！」

そう、先輩と呼ばせることにしたのだ。先輩と後輩で能天気な冒険者パーティーを組んでるみたいな感じを出したかったのである。

それに、Fランク同士のくせに先輩って呼ばせているのもダサくていいでしょ。いかにも弱そう。

「了解です！　アロエ先輩師匠様！」

「師匠様はいらないよ」

「あぁっと、いけません。つい、うっかりです！　アロエちゃん！」

「全部ごっそり抜けて、ちゃん付けになってるんだけど」

「わぅうう、す、すみません、私ったら慌てん坊で……」

ライカが「てへへ」と笑う様はかわいくて、つい許しそうになる。

だけど、人前で師匠とか言われたら致命的かもしれないのだ。私は彼女にしっかりと呼び名を定着させてから、出発することにした。いっそこの際、「ちゃん」付けでも構わないけど。

ちなみにワイへ王国の王都は国境近くにあり、うちから徒歩で数時間の距離にある。私は人里離れた国境沿いの一軒家に住んでいるのだ。

「そういえば、私も冒険者登録するんですよね。魔法学院ではスキル鑑定をしてなかったので、楽しみです！」

行きがけの道中で、ライカはぴょんぴょん飛び跳ねながらそんなことを言う。

確かに自分のスキルがわかる瞬間っていうのはドキドキするものだ。

彼女はどんなスキルを持っているんだろうか？

あの剣聖の孫であり、よくよく考えたらヤバすぎるスキルの持ち主かもしれない。

殺しても死なないとか、そういうのだったら？

それは非常にまずいことになる。

彼女のスキルが『剣聖』だとか『大剣豪』のように目立ちすぎるものだった場合、彼女はどこぞの魔王討伐や悪竜討伐に駆り出されることになる。

当然、彼女の付き添いである私の平穏な生活も夢に消え、いつぞやの二の舞になってしまう。

私はFランク冒険者をしばらくやるつもりなのだ。正直、邪魔されたくない。

まずは彼女のスキルを前もって知っておこう。もし、ヤバいスキルだったら、彼女にも例の偽装魔法をかけなきゃいけないかも。

「ライカ、もし良ければ、君のスキルを私に見せてくれないかな？」

「お師匠様、そんなこともできるんですか⁉」

「姿は変わっても魔法はそのまま使えるからね。君のことはなんでもお見通しなんだよ！」

「そ、そんなぁ、恥ずかしいですぅうう。弟子入りした以上、覚悟はしてましたけどぉ」

ライカはそういうと胸元や下腹部を隠して、その場でへたり込む。

違う！

服が透けて見えるとか、そういう意味で言ったんじゃない！

あと、どういう覚悟よ、それ⁉

「それならいいですけどぉ、お手柔らかにお願いします」

ライカは赤面して返事をする。

私が見るのはあくまで彼女のスキルだけだっていうのに。

さて、どうやって相手のスキルを読み取るかというと、私が開発した猫魔法【真実の目】によって可能になる。

「それじゃ、いくよ……」

私は目を閉じると、息をふぅっと吐く。

そして、かっと目を開くと、その恐るべき魔法を発動させるのだ。

「ど、どうしたんですか⁉　ど、どうして明後日の方向を見てるんですか？　わ、私の左上に何かいるんですか⁉」

猫魔法【真実の目】。それは実家の猫がぼーっと明後日の方向、特に壁や天井といった一見すると何もない場所を凝視している様子をヒントに開発された魔法だ。

実をいうと、このとき、猫にはあるものが見えているのである。

何かとは言わないが、アレが見えているのであるッ！

「お師匠様⁉　何を目で追ってるんですか⁉　私の上に絶対に何かいますよね⁉　何がいるんですか⁉　私、怖いんですけどぉおおっ！？？」

私がスキルを読み取っている様子にライカは驚きの表情だ。

しかし、この魔法は集中力を要する。外からの音を聞いていては見えてこないのだ。

私はただただ彼女のスキルを注視するのだった。

そして、私の視界に飛び込んできたのは、『ライカ・ナッカームラサメ。スキル：魔犬《まいぬ》』の文字。

まいぬ？

魔犬なんてスキル、生まれて初めて聞いたよ⁉

魔剣なら魔法剣士の略だけど、魔の犬⁉

しかも、読み方が「まいぬ」。いわゆる外れスキルっぽい響きである。

「お、お師匠様!? ど、どうでしたぁ!?」

瞳をキラキラ輝かせ、尻尾をぶんぶん振りながら、尋ねてくるライカ。

明らかに期待している面持ち。

ふぅむ、どう教えるべきか。魔の犬だよと言ってがっかりしないかなぁ。

でも、ひょっとしたら魔犬っていうスキルは一族で有名なものかもしれないし。

「えぇとね、魔犬って出てるんだけど、魔の犬って書いて……」

とはいえ、隠していたってしょうがない。人間は自分のスキルを受け入れて、生きていくしかないのだ。私は彼女に正直に教えてあげることにした。

「ま、魔犬!? 聞いたことはありません！ でも、魔法の魔がついているってことは、魔法関連、すなわち魔法を使えるってことですよね！」

スキル名を聞くと、ライカは「やったぁあぁ！」などと飛び上がって喜ぶ。

何をやったのかわからないけど、満面の笑みだ。

悪魔の犬とか、魔性の犬とか、いろんなとらえ方はあると思うけど、魔法を使える犬って解釈か。

まぁ、落ち込んだりするより、ポジティブなことはいいことだと思う。

それに、ライカのスキルはそんなに有名なものではないだろう。冒険者ギルドの人たちがびっくりするなんてことはなさそうだ。

よぉし、これならFランク冒険者として恥ずかしくないぞ。

私はふぅっと安堵の息をはくのだった。

「あっ！　先輩師匠様！　街が見えてきましたよ」

ライカの指差す方向にはワイヘ王国の王都が遠くに見えてくる。

あれこそが私の新しい冒険が始まる場所である。

「いよいよだねっ！」

そう、これから私の本当の人生が始まるのだ。

賢者ではなく、Sランク冒険者でもなく、一人の人間としての物語が。

私は期待に胸を膨らませて、柄にもなくワクワクするのだった。

あと、ライカにはちゃんと「先輩」って呼ばせなければ。


「た、助けて下さぁああぃ！」

だが、しかし。

いよいよってところで、女の子の悲鳴が聞こえてくるではないか。

ここから少し離れた場所にある森の方角から。

「おししょ、先輩様！　今の聞きましたか!?」

「うん！　助けに行くよっ！」

ライカも悲鳴に気が付いたらしい。

こうしちゃおられないと、私たちは悲鳴のする方向に急行するのだった。

【賢者様の使った猫魔法】

長毛種の無限収納《マジックインベントリ》：長毛種の猫はその性質上、毛の中にいろんなものを収納する。その毛の中は異次元空間であると言っても過言ではない。これは長毛種の収納具合をヒントに開発された異空間収納の魔法である。容量制限はあるが、冒険者として活動するには十分な大きさ。ただし猫毛がつく。

真実の目：猫が何もない空間を凝視している様子は有名である。このとき、猫はぼんやりとしているのではなく、世界の真実を類い稀なる集中力で見ているのである。これをヒントに開発された猫魔法がこの真実の目。相手のスキルや呪いなどのステータス情報を垣間見ることができる。ただし、発動までに時間がかかり、実戦向けではない。発動時には向こう側からも覗かれていることにも注意しておきたい。

賢者様、得意の猫魔法で魔物の群れを一掃する！　ついでにライカの問題点も把握するよ！

「うわぁ、すっごいいるじゃん」

悲鳴の場所に到着すると、びっくりである。

そこには熊型のモンスター、キラーベアが群れをなしていた。

やつらはガウガウ言いながら、女の子の登った木を取り囲んでいる。

「ひぃいいい!? た、助けてぇえぇ！」

女の子は小柄で、服装からして冒険者っぽい雰囲気。

森に野草採集に来ていたのだろうか。リス獣人らしく小さな耳と大きな尻尾がかわいらしい。

キラーベアは食欲旺盛なモンスターであり、武装した人間だろうが躊躇せず襲ってくる。しかも、固い体毛に覆われているため、初級冒険者では歯が立たないと来たもんだ。

そもそも私の身長の二倍ぐらいある大きなクマなのである。普通なら怖いっていう感情以外、湧いてこないだろう。

「……クマって、群れるんですかね」

ライカが指摘する通り、異様なのはその数だ。一〇頭以上はいる。

キラーベアは基本的に一頭だけで行動する魔物なのに、群れるなんて珍しい。

そうこうするうちに、やつらの一頭は女の子を襲おうと、のそのそと木に登り始める。

「あぎゃああ！ あっちに行けえぇ！ 私は小柄だし、可食部が少ないってばぁっ!?」

女の子はというと、なかなかにえぐい悲鳴をあげる。

可食部なんて自分で言ってどうするのさ。

とはいえ、一刻も早く助けないと。

「ライカ、あの女の子を頼める？」

「のろまなクマ野郎の相手なんて、おやすい御用ですよ！」

私が指示を出すと、ライカはだだっと駆けだしていく。

さすがは剣聖の孫、ものすごい身のこなしだ。恐怖心もないらしい。

「お先輩様！　ＯＫですっ！」

彼女は目にもとまらぬスピードでジャンプすると、熊の爪が届く前に女の子を確保！

さらには、こっち側に再び跳躍する。

さっすがは剣聖の孫娘、身のこなしが半端じゃない！

正直、あんたは剣士に転向したほうが活躍できるよ！

「えらいよ、ライカ！　それじゃ、あんたたちは消えちゃいなさいっ！　【超音速の右爪《ソニックブーム》】！」

私は真空波を生み出す魔法を連続発動。

次の瞬間にはざしゅんっ、ざしゅんっと透明な刃が空を切る！

ぐぎげぇえええええ!?

真空の刃が敵を襲い、ものの見事にその体を両断してしまうのだった。

ふぅむ、さすがは私の四八の殺人魔法の一つ、殺傷力がハンパじゃない。

ぐがぉおおおおお！

しかし、一頭だけ生き残っているやつがいるのだった。

ひときわ体が大きなクマ型魔物、レッドヘッドキラーベアだ。

別名『アカカブト』と呼ばれ、遠い北の大地からやってきた突然変異モンスター。「冒険者殺し」との異名を持つこともある強い化け物でもある。

その体に傷はついているけど、致命傷には至っていないらしい。

へぇえ、私の魔法を喰らって生きてるって、相当、固いみたいだね。

「よぉし、今こそ私の出番ですね！　炎の矢よ、敵を貫け！　ファイアアロー！」

ライカは颯爽と魔物の前に歩み出て、渾身の魔法攻撃を繰り出そうとする。

ファイアアロー、それは炎の矢を敵に飛ばす初級魔法。

人間の魔法使いなら、魔法学院の一年生が習う魔法の一つだ。

「……あれ？」

しかし、ライカの前に炎の矢は現れない。

それどころか魔力を発現させるための魔法陣さえ現れない。

モンスターは不思議そうな顔をしてライカを見ている。

「こなくそぉ、出ろ！　出て！　出てくださいっ!!　お願いしますぅううう！！！」

その後も何度かファイアアローと叫ぶライカ。

懇願しようと泣き叫ぼうと、やっぱり発動しない。

魔法は精神の集中が第一だし、焦れば焦るほどだめなんだけどなぁ。

私はライカの様子を見ながら、彼女が魔法を使えない理由を少しずつ理解するのだった。

「なるほど……」

私はライカの勘違いに気づいてしまった。

彼女は魔法というものを根本から勘違いしているのだ。

魔法というものは、ただの呪文の詠唱ではない。体の内側にある魔力と心の中のイメージの力が合わさり、呪文の詠唱をきっかけに構築されるのだ。

つまり、術者が魔法を詳細にイメージできなければ、発動しないってことなのである。

私の研究が確かならば、そのイメージの仕方には普通人と獣人の間には大きな隔《へだ》たりがあると推察される。簡単に言えば、私たち獣人が普通人の真似をしても、そのまま魔法が出現するってわけじゃないってこと。

じゃあ、どうするかって？

ふふふ、私のとっておきのレクチャーをやってあげようじゃないの！

「ライカ、よぉく見ておくんだよ！」

「お、お師匠様⁉」

私はレッドヘッドキラーベアの前に歩み出る。

巨大な体躯に鋭い爪、そして、人間を食べ物としか思っていない残虐性。魔物ランクだとC＋とか、Bランクに相当する、凶悪な化け物。

悪いけど、人に仇をなす奴はやっつけさせてもらうよっ！

魔物は私の存在に気づくと低く唸る。

そして、変な呼吸音を立てながら、こちらに猛突進してくる。

その勢いはすさまじく、リス獣人の女の子は「ひぃっ」と声をあげた。

「ライカ、魔法って言うのは心の底からイメージするんだよ。こんなふうにね！　喰らえ、

【落雷の激高《サンダーファイヤー》】!!」

私が渾身の魔法を繰り出すと、巨大な炎の猫が発生！

それは「シャアアアアー！」っとキレた猫特有の凄まじい声で叫びながら、敵を包み込む！

どごがぁあああああん!!

猛烈な音とともに、魔物は火だるまになってしまうのだった。

断末魔をあげる暇さえなく、魔物の体は燃えカスに変化する。

ただし、頭部はとりわけ頑丈なのか、燃え切らずにコロコロ転がっていった。

「す、すごいですぅう、お師匠先輩様！　もはや殺人兵器ですね！」

私が敵を倒すと、ライカはぴょんぴょん飛んで嬉しそうにしている。

「ふふふ、これぞイメージの力なんだよ！」

この魔法は実家の猫が雷のときに、なぜか私に激ギレしてきた様子をヒントに作られたものだ。

そのとき、実家の猫はびびびっと全身の毛を逆立てて、まるで火の玉みたいになったのである。

八つ当たりされたことは非常に理不尽だったけど、その火の玉感はしっかり覚えている。

このように魔法を使うときには術者の中に強烈なイメージがあることが大事なのだ。

「なぁるほどぉ！　イメージが大事なんですね！　よくわかりました！」

ライカは首を一〇〇回ほどこくりこくりとさせる。

いかにも理解してなさそうな、勢いだけの相づちだよね。

「それにしても、お師匠様の魔法のときには猫ちゃんが現れるんですね！　炎の猫ちゃん、すごかったです！」

「ふふ、いい着眼点だね！　そう、私の魔法は基本的に猫の精霊を呼び出すからね！」

ライカの言うとおり、私の猫魔法には特徴がある。

魔法を発動した際に、いろんな種類の猫が現れるのである。

落雷時の猫、音速を超える猫、思い出の猫、崖の上の猫、紅の猫、風の谷の猫、時をかける猫など、ありとあらゆる精霊が現れるのだ。

おそらくはライカが犬魔法を使うときにも同じようなことが起こるんじゃないかな。

その話を聞くと、ライカは「はへぇぇええ、楽しみですぅうう！　どんな柴犬様が現れるんですかねぇ」と憧れに満ちた表情。

まぁ、使うことができるようになれば、なんだけどね。


「あ、ありがとうございましたぁああ！　あなたは命の恩人です！」

一部始終を見守っていたリス獣人の女の子は飛び切りの笑顔で握手をしてきた。

彼女の年齢はライカと同じぐらいだろうか、私と同じぐらい小柄でかわいらしい娘さんである。

リス獣人特有の大きな尻尾が非常にかわいらしい。もふもふしたい。

「それにしても、驚きました！　獣人なのに魔法を使えるなんて！　まるで、新緑の賢者様みたいですね！　髪の毛の色は違うみたいですけど！　親戚ですか？」

「げげっ、知ってるの？」

予想だにしない展開にカエルみたいな声を出す私。

なんてこった、この子は新緑の賢者アンジェリカの噂を知っていたのだ。

ふぅむ、大陸の東の方では私のことはあんまり有名じゃないって思ってたんだけどなぁ。

これはちょっとまずい。他の人に言いふらされたりしたら厄介なことになる。

「ちょっとごめんね。【午後三時のまどろみ《ドリームオンドリーム》】！」

「へ？　はうぅぅう」

というわけで、私は彼女に催眠魔法をかけることにした。

猫というものは、お昼寝中は完全に夢心地になり、人格すら変わる生き物だ。

朝はツンとすましていても、お昼寝中はへそ天になってお腹を無条件に触らせてくれたりする。

この魔法は相手を昼寝中の猫のように夢心地にして、記憶を失わせてしまうのである。

魔法を発動させると、彼女の頭の周りに、へそ天の猫がふよふよと浮かぶ。

「君は何も見ていない、ここでは何も起きなかった。いいね？」

「ふぁい、私は何も見てませぇんし、何も起きてませぇん、むにゃむにゃ……」

「よぉし、偉い。それじゃ、おうちに帰りなさい」

魔法の発動を確認すると、私は彼女に魔物除けを持たせて街へと歩いて帰らせることにした。

これで彼女はこの一部始終を忘れてしまうはずである。

そして、私は今さらになって気づいたのだ。

ライカが弟子入りに来た時もこの魔法を使って、帰らせれば良かったって。

今となっては後の祭りだけど。

「お師匠様、今の催眠魔法もすごかったです！　私、私、魔法の勉強がんばりますっ！　私って、すごい人の弟子になったんですねっ！」

王都までに向かう道中、ライカは尻尾をぶんぶん振って大盛りあがり。

そう言えば、彼女は弟子なんだし、魔法を教えなきゃいけないんだよなぁ。

首尾よく冒険者になったなら、彼女の指導もちゃんとしてあげよう。

さぁ、気を取り直して、王都の冒険者ギルドに向かうよっ！

【賢者様の使った猫魔法】

落雷の激高《サンダーファイヤー》：落雷時に実家の猫が烈火の如く家人に怒り出した様子をヒントに開発された魔法。毛を逆立てた猫のような巨大な火の玉を発現させ、敵を飲み込む。相手は為す術もなく燃えたり、酸欠になって絶命したりする。賢者様の四八の殺人魔法の一つ。

午後三時のまどろみ《ドリームオンドリーム》：相手を夢心地にして記憶を失わせてしまう魔法。猫は昼と夜とで人格が変わると言われるが、特に午後三時の猫は別の世界にトリップし、ほぼ起きない。そんなまどろみ気分の実家の猫の様子をヒントに開発された。発動時には顔の周りに、へそ天の猫が飛ぶ。

賢者様、冒険者ギルドで「例の水晶玉を出し抜いてやらぁああぁ！」を達成し、ついでにパーティー名もさくっと決まる

「おしじゃなくて、お先輩様、着きましたよっ！　ついに冒険者ギルドですっ！」

無事に入国できた私たちは一目散に冒険者ギルドに向かう。

ライカは師匠って言いそうになるも、ぐっと堪えることができた。まだ先輩様になってるけど、努力の様が窺えるよ。えらい。

「いよいよだね」

私はごくりと唾をのむ。

そう、いよいよなのである。

私の開発した禁忌の猫魔法があのにっくき水晶玉に通用するのかどうか？

ここが決戦の場なのである。

ちなみに失敗したときのための言い訳もちゃんと用意してある。

「ついうっかりイメチェンしてみた、今は反省している」でしらばっくれるつもりだ。怒られたときには土下座だってするよ、躊躇なく。床に額をつける覚悟である。

「冒険者ギルドにようこそ、かわいい獣人のお二人さん！　冒険者になるつもり？」

受付嬢の女の人はやたらとフレンドリーである。

彼女のニコニコ笑顔に少しだけ緊張がほどけるのを感じる。

よし、こちらも怪しまれないように自然体でいよう。

私たちは冒険者志望であることを伝えると、渡された書類に必要事項を記入して、Fランクと書かれた冒険者カードをもらう。

『名前：アロエ　ランク：F』

変身前には何度となく見てきたカードであるが、憧れのFランクである。

冒険者としては最下位だけど、正直嬉しい。

私の夢が今、実現されようとしている！

「先輩、Fランクですよっ！　おそろいです！」

同じくカードを受け取ったライカもたいそう嬉しそうだ。

これから新しい人生が始まると思うと、じぃんとしてくるよね。

「それじゃ、スキル鑑定をするわよっ！」

そして、いよいよ、である。われわれは水晶玉に手をかざすように言われるのだった。

ここまでは筋書き通り。

さぁ、決戦の瞬間だ。

どくん、どくんと心臓が高鳴る。

私の目の前には全ての人間の魔力紋を見透かす、偉大なる魔法の水晶玉がでんと構えている。

現代魔法の粋を集めた水晶玉を迎え撃つのは私の偽装魔法。

私のこれまでの歩み全てを投入した、汗と涙の結晶の禁忌魔法。

それが、今、試されているっ!!

「アロエちゃんのスキルは、魔猫《まねこ》ですっ！　ん、魔猫？」

「へ？　まねこ？」

そして、現れたのはまさかのスキルである。

しまったぁあああ、ライカの魔犬にひっぱられて、そんなスキルが出ちゃったの!?

ギルドのお姉さんもよくわからないみたいで、首をかしげている。

私だって初めて聞くスキルであり、絶句する。

「おしょ、いや、先輩様！　魔の猫なんて、すごいですね！　いい感じです！」

ぽかんとしていると、ライカが元気いっぱいに声をあげる。

何がいい感じなのかわからんが、すごい笑顔。

彼女は興奮の面持ちでぴょんぴょん飛びはね、その胸元はばいんばいん揺れる。若さと元気を弾けさせてやがるぞ、この娘。

「そ、そうよ、いい感じだわっ！　なんだかいい感じのスキルよねっ!?」

お姉さんは渡りに船とライカの言葉に飛び乗り、とりあえず「いい感じ」を連呼。

おそらくきっと、魔猫なるスキルを知らないのだと思うけど、不勉強を知られたくないのだろう。

とはいえ、私は内心、高笑いをしていた。

そう、私は勝ったのである！

出し抜いてやったのであるっ‼

奴を、あのにっくき水晶玉野郎を！！！

ぐわははは、ひゃーっはっはっはっはっ‼

勝ったぁああ！

私は、私の猫魔法は勝ったのだぁあああ！！！

「ぐ、ぐふふ、そ、そうですねっ！」

頭の悪い盗賊みたいに全力で笑いだしたい衝動をなんとか堪える。

小躍りどころではない、踊り狂いたい気分なのだが我慢だよ、アンジェリカ。

水晶玉の前でヘッドスピンなどしたら、ただの不審者である。間違いなく通報されて、根掘り葉掘り聞かれることになる。

大体、次はライカの出番なのだ。彼女のスキル鑑定もしっかりと見守らなきゃいけないわけで。

「よぉし、次は私ですねっ！　ふふふ、魔の犬なんてスキルが出たらどうしよぉかなぁ？　どぉしちゃおうかなぁ⁉」

ライカはいかにも怪しいことを言いながら水晶玉に手をかざす。

おいおい、自分で言ってちゃ怪しまれるでしょうが！

「ライカちゃんは、魔犬《まいぬ》ですっ！　……えっ、魔犬⁉」

予想外のスキルの出現に再び呆然とした表情のお姉さん。そりゃそうだよね、二人連続で魔の猫と魔の犬だよ。水晶玉に欠陥でもあるのかって疑ってもいいぐらいだと思うよ。

「め、珍しいスキルだけど、ま、水晶玉は嘘つかないし、ライカちゃんのスキルもいい感じですっ！　魔犬、おめでとう！」

どんな対応をしてくれるのかと思ったら、とにかく祝福ムードで押し切った。

この受付嬢、かなり強メンタルなことが窺える。

二連続で変なスキルが出たら、普通はギルド長に相談するとかしそうなものだけど。

「うふふ、お揃いのスキルありがとうございます！　魔の先輩後輩シスターズの誕生ですよっ！」

ライカは嬉しそうに胸を張るが、お揃いじゃない。

そっちは犬でこっちは猫だし、大きな違いがある。そもそも、私のスキルは偽装だし、彼女のスキルの正体はよくわからないっていうのに。

とはいえ、ライカの喜ぶ姿を見ていると、なんだか和む私なのであった。犬人の尻尾がパタパタ言うの、あれって反則だよね。

「あら、あなたたち、二人組なのね。それじゃ、パーティー名を決めたらどうかしら？」

受付のお姉さんは、微笑ましいものを見るような目をして、そんな提案をしてくれる。

えぇぇ、パーティー名かぁ。【闇を見透かす眼光】とか、【銀の爪とぎ】とか、そういうのだよね。

いきなり言われても、迷っちゃうなぁ。

「先輩、せっかくですし、今こそ犬猫ケモケモ魔法女学院がいいですよっ！」

私が腕組みをして考えていると、ライカがまさかの提案をしてくる。

犬猫ケモケモってあんた、正気で言ってたわけ!?

パーティー名が魔法女学院なんて聞いたことないんだけど。

「あらぁ、パーティー名はフリースタイルだし、最近じゃ色んなパーティーがいるわよ。ワイへ美男子学園高等部とか最近、売り出し中なのよ?」

受付のお姉さんは私をフォローしてくれると思いきや、まさかのライカ側だった。

なんなのよ、美男子学園、しかも高等部って。ちょっと興味すら湧いてきたよ。会いたいじゃん。

「よぉし、それじゃ私たちも対抗して、犬猫ケモケモ魔法女学院で!」

「ちょおっと待ったぁああ！　ええと、とりあえず犬猫ケモケモはナシだから！」

「ぐぅむ、それなら……、アロエ魔法学院はどうでしょうか！　それにしましょうよっ！」

「あら、いいわねぇ。それで登録しておくわ。飽きたら変えられるから安心してね」

そんなこんなで、私たちのパーティー名は勝手に決まってしまうのであった。

私が優柔不断すぎたのもあるが、この受付のお姉さん、マイペース過ぎる。

「アロエ魔法学院かぁ……」

めちゃくちゃな展開に唖然とするも、私はちょっと嬉しさを感じていた。

私の知っている魔法学院のいくつかは、創設者の名前を冠したものだったっていうのもある。

まぁ、こっちの場合は生徒数一人の移動型教室なんだけどね。

それでも誰かに私の研究の成果を教えられるって、嬉しいことなのかもしれない。

賢者様、Fランク冒険者としての洗礼を受けようともがくも、やっちまったことに気づく

「それじゃ、ライカ、さっそくFランク冒険者の洗礼を受けるよっ！」

水晶玉を攻略することはできたけど、私の用事はこれで終わりではない。

これは、いわば始まりにしか過ぎないのだ。初心者であるFランク冒険者として通過儀礼を受けなきゃならない。

「せ、洗礼⁉　通過儀礼⁉」

私の解説に驚いた顔をするライカ。

なるほど、彼女は腕が立つとはいえ新米冒険者。これから何が起こるべきか知らないらしい。

「ふふふ、Fランク冒険者があそこで依頼を選ぼうとするだろう？」

「はい、あの掲示板のことですね？」

ライカはいろいろな依頼の貼ってある掲示板を指差す。

その周りには何人かの冒険者が集まって依頼を吟味していた。彼らは自分たちの腕と相談して、どの依頼を受けるかを決めるのである。

「そのときにだね、あることが起きなきゃいけないんだ。くくく、あることが、ね」

「あ、あることですか？」

ライカは怪訝な顔をして、ごくりと喉を鳴らす。

「絡まれるのさ。イキったCとかDランクぐらいの冒険者、それも強面の筋肉野郎に絡まれるんだよ、新米のザコFランク冒険者っていうのは！」

そう、私の期待しているイベントとはこれである。

Fランク冒険者には薬草採取やゴブリン退治など様々な楽しみがあるとされる。とはいえ、その中でも初期にしかお目にかかれないイベントがこれだ。

Fランク冒険者が、変に腕に自信のある痛い先輩にからまれるのである。

まさしく、駆け出し冒険者ならではの通過儀礼！

前回、私はいきなり勇者に絡まれたので、このイベントは発生しなかった。

あのとき、もし、私に話しかけてきたのがイキったC級先輩だったら、おそらく違った人生を歩んでいただろう。大変に悔やまれる。戻れるものなら戻りたい。

そういうわけで、新しい門出には絶対に欠かせないイベントなのである。

「ほ、本気で仰ってるんですか？　なんでわざわざそんな目に遭わなくちゃいけないんです？」

しかし、ライカは不服のようだ。どうして自ら進んで嫌な思いをするのかと口を尖らせる。

ふふ、この子はやっぱり何もわかっちゃいないなぁ。

「大丈夫、絡んできたあとには、別のお楽しみがあるんだよ」

「お師匠様にお考えがあるというのならいいのですが……。そもそも、それって都市伝説なんじゃ？」

「いいから、いいから。都市伝説じゃないってところを見せてあげるよ」

私はなんとか彼女をなだめて納得してもらう。

そう、ただ舐められて終わりではない。先輩にイキられたあとには、ちょっとした意趣返しをするのが通例であり、その先輩と拳で語り合って仲良くなることも乙なことだ。

とはいえ、それを話しちゃうと面白くない。

あくまでもサプライズ的にイベントが発生することに意味があるわけで。

「とにかく、依頼を選ぶふりをするよっ！　あくまでふりだけね！」

「はいぃっ！　頑張ります！」

そういうわけで私たちは掲示板に直行。ずらりと貼られた依頼をくまなくチェックする。

ふぅむ、さすがは王都の冒険者ギルド、種々様々《しゅじゅさまざま》な仕事が貼ってあるようだ。

私はその中でジャイアントオーク討伐の依頼を見つけ出す。

この魔物は少なくともC級以上が相手をするべき、巨大な体躯を誇るモンスターだ。実戦経験のないFランク冒険者じゃ餌になるだけだろう。

よぉし、これを選ぶと見せかけてみよう。

「ねぇ、ライカ、このジャイアントオークの退治なんてどぉかなぁ！」

私はあえて声を張り上げて、ぽけぇとライカに相談するふりをする。

傍から見たらバカみたいだけど、敢えて演技でやってるんだからね、念のため。

「うわぁ、いいですねぇ！　私たちにぴったりですぅう！　楽勝ですよぉおお！」

ライカも私の調子に合わせて大声の演技。

まぁ、彼女は普段からテンション高くて声が大きいから、あんまり変わらないけど。

二人ともいい感じの演技であり、おそらくは他の冒険者たちにも聞こえているはずだ。

彼らは気づくだろう。

駆け出しのFランク冒険者が身の程知らずなことをやってるぞ、と。

現実をわからせてやらねばならないな、と。

さぁ、来い！　カモン！

私は周囲の冒険者たちに釣り糸をたらした気分で待ち構える。

一世一代の大勝負であり、全神経を背中に集める。

冒険者たちのいかなる動きも見逃さないぞっとばかりに、私の猫耳はぴんと張るのだった。

しかし、ここで予想外の出来事が起きた。


「た、大変だぁっ！」

どかぁっと冒険者ギルドの扉を開けて、冒険者が飛び込んできた。

彼は鬼気迫る表情で言葉を続ける。

「森でキラーベアが輪切りになってたぞ!?　しかも、一頭どころじゃない、一〇頭以上がやられてるぞ！」

「な、なんだってぇー!?」

そう、まさかのまさかである。

私たちが討伐したあの魔物をさっそく見つけたやつがいたのだ。

「どうして一〇頭以上も？　群れるなんて聞いたことないぞ⁉」

「輪切りだって⁉　キラーベアの毛は尋常じゃなく固いんだぞ！」

「見たこともないほど鋭利な何かで真っ二つだそうだ。巨大な虎にでもやられたらしい」

「ひぃいいい、それって最近噂のキングタイガーなんじゃないのか？」

突然の知らせに冒険者の皆さんは上へ下への大騒ぎ。

森に凶暴なモンスターの死骸が大量に転がっていたら、それは事件になっちゃうかぁ。

うわぁ、やっちゃったよ、私……。

「しかも、どうやらレッドヘッドキラーベアもいたみたいだ。黒焦げになっちまって、頭以外はほとんど判別できないらしいが」

「レ、レッドヘッドキラーベア⁉　B＋級の魔物だぞ⁉　それが黒焦げだなんてドラゴンでも現れたってのか⁉」

彼らはこの事件がドラゴンの仕業だとか、巨大な虎の仕業だとか、口々に議論し始める。

まずい、もう私たちを注意してやろうなんて輩をおびきだすとか、そういう雰囲気じゃない。

「しかもだぜ！　死体はそのまま放置されてるんだよ！　素材取り放題だぜ！」

「熊の胆がとれるじゃないか！　行くぞ！」

さらには魔物の素材にいきり立つ冒険者たち。

キラーベアの内臓は高く売れるとか聞いたことがあったっけなぁ。さすが現金な奴らである。

あっちゃあ、こんなことなら魔物の死体を隠すか、完全に燃やすかしておけば良かった。

いつだって冷静沈着な私としたことが迂闊の極みである。Fランク冒険者になれるって浮かれすぎていたのかもしれない。

「お師匠様、これでは難しそうですよ？」

ライカは私の脇腹をひじでつつきながら、小声でそんなことを言う。

彼女の言うとおり、冒険者の皆さんどころか、ギルド職員の人たちまで大騒ぎして、外に出ていっちゃったし。ギルドに残されたのは私たちだけになってしまった。

「いっそのこと白状したらどうですか？　全部、私がやりました、私が犯人ですって」

ライカはニマニマ顔である。

この野郎、私をからかって楽しんでやがる。

ぐむむむ、せっかく手に入れたFランクの地位なんだよ。白状なんかできるわけないじゃん。しょうがない、今日は出直してやらぁ！

「あたしゃ諦めないよ。こうなったら、何度でも試すからねっ！」

そう、私は諦めの悪い女なのである。

一度や二度失敗したからと言って、決して諦めることはない。

次こそは先輩冒険者に絡まれてやる！

偉大な決意をする私なのであった。

ジャーク大臣の悲劇と野望：魔獣使いのカヤックさん、ついうっかり魔物を失うも、大臣のもとには次から次へと悪い奴らが寄ってくるようですよ

「失敗したですって!?　特級モンスターで街道を襲うと言っていたではないですか！」

「も、申し訳ございませんっ!!　森で目を離したすきに全部やられてしまいました！」

ここはランナー王国のジャーク大臣の執務室。

そこでは大臣の怒号が飛んでいるのだった。

彼の部下である魔獣使いのカヤックが、ワイヘ王国の襲撃計画に失敗したからである。

それも並の失敗ではない。

隣国侵略のために調達していた魔物が壊滅してしまったのだ。本来であれば、ワイヘ王国の兵士をなぎ倒すはずの魔獣軍団である。その損害はかなりの規模になる。

「しかも、レッドキラーベアまでやられるとはどういうことですか!?　誰の仕業なんです!?」

大臣が取り乱すのも無理はない。レッドキラーベアは人間の天敵とも言える魔物なのである。

そう簡単にやられていいモンスターではないのだ。

「やられるところは見ておりませんが、おそらくはワイヘの冒険者の連中に間違いないかと……」

「冒険者ですか……」

「はい、ワイヘ王国は優秀な冒険者が多数、拠点にしております」

カヤックは土下座をしたまま、大臣にワイヘ王国の現状について話し始める。

ワイヘ王国にはダンジョンがあることから冒険者優遇政策をとっており、高ランクの冒険者が多数集まっていること。彼らは冒険者でありながら、ワイヘ王国に愛国心さえ抱いていること。

「今回の不幸な事故が起きたのも、冒険者どものせいなのです！　私の責任とは言い難いものがあります！」

カヤックは自分への責任逃れのために、いかに隣国の冒険者が危険な存在なのかを力説する。

この男は大柄で豪快そうな見た目とは裏腹に小心者であり、処世術にもしっかり長けている。

「冒険者どもめぇ……！　大人しくダンジョンにでも潜っていればいいものを‼」

大臣は乱暴な口調になり、ぐぐぐと拳を握りしめる。

彼はワイヘ王国の制圧のためには、冒険者の排除が必須であることを確信するのだった。

「ならば、冒険者ギルドごと潰して差し上げましょうっ！　レイモンドさん、あの盗賊どもをここに呼びなさい！　冒険者ごと木端微塵にしてしまうのです」

「と、盗賊ども、ですか？」

レイモンドの声が少しだけ裏返る。

カヤックが失敗し、自分の出番を持っていた彼にとって、盗賊を使うことなど寝耳に水という表情である。しかも、大臣の言う『盗賊ども』というのは一筋縄ではいかぬ凶悪な連中なのだ。

「そうです。あいつらを呼び出すのです！　最近はどういうわけか魔物が多いですからね、正規軍を使うわけにはいきませんよ」

レイモンドの言葉に大臣は悔し気な顔をする。

本来であれば、軍隊を使ってワイヘ王国に真っ正面から攻め込むこともできたはずだったのだ。

しかし、現在、ランナー王国の魔物の出現率は爆上がり中で、五年に一度のモンスターの当たり年と言われている。国内の治安のためにも軍隊はそちらの鎮圧に割かざるを得ない。

もっともそれはアンジェリカを解雇したことによる弊害なのだが、彼らはそれに気づかない。

「ははっ、お任せくださいっ！」

レイモンドは跪いた姿勢で返事をする。

ここランナー王国において、大臣は絶大な権力を有している。

いかに不服な命令であっても、その言葉に逆らうことはできないのだった。


「呼んでくれて礼を言うぜ、大臣の旦那」

大臣の前に現れたのは、王宮には似つかわしくない風貌の男たちだった。名前をクラジャート団といい、金のためならなんでもするという無法者集団だ。

大臣はこの盗賊集団に裏の仕事を任せることもあり、盗賊集団は大臣から様々な便宜を与えられていた。いわば、持ちつ持たれつの関係を両者は保っていたのだ。

「これを使ってワイへの冒険者ギルドを爆破するのだ。できれば昼間、冒険者の多い時間にな」

レイモンドは懐から魔道具を取り出すと、クラジャート団の男に渡す。

報酬として金貨のたんまり入った袋を渡すのも忘れない。

「いひひひ、毎度、ありがとうございます」

男は野卑な笑みを浮かべると、深々と頭を下げる。

それから男はこんな質問をするのだった。

「爆破する前に、ギルドの売上金をもらいたいが構わないよな?」

「……ふん、好きにしなさい」

盗賊の瞳は鈍く光っており、良心のひとかけらすら残っていないようだ。

大臣は男の卑劣さにほとほとあきれながらも、許可を与える。彼にとって大事なのは冒険者を駆逐できるかどうかだけである。冒険者ギルドのなけなしの金など、はっきり言って興味はない。

「ふくく、必ずいい知らせを持ってきてやるぜ、大臣さんよ」

ここに大臣たちの悪辣な野望の第二幕が始まる。

その目的は隣国の冒険者ギルドの徹底的な破壊と、有力な冒険者たちの排除である。それが叶ったとき、ワイヘ王国の国力は大きく損なわれ、侵略戦争の口火が切られることになるだろう。

しかし、彼らは知らなかった。

キラーベアを屠ったのは、アンジェリカであるということを。

そして、現在のワイヘ王国の最大戦力は、アンジェリカそのものであるということを。

キラーベアの事件を少しでも検証しておけば、彼らの未来は大きく変わったとも言える。だが、彼らは自分の力を過信するあまり、失敗を吟味するという基本的なことさえ忘れていたのだった。

賢者様、三日目のアタックにしてついにイキった先輩をゲットだぜっ！　あなたをお待ちしておりましたのぉおお！

「お師匠様、今日で三日目ですよ？　今日だめだったら、魔法をみっちり教えてもらいますからね！」

八百屋さんで野菜を購入後、私たちは冒険者ギルドへと急ぐ。

そんな折、ライカはいつになく鋭い視線で私に忠告してくるのだった。

それもそのはず、先輩冒険者に絡まれるという私の推しイベントが二日連続で不発だからだ。

昨日なんか掲示板の前で三時間も粘ったのに誰も声をかけてこなかった。

「わかってるよ。今日でおしまいにするから！」

私だってこの状況がよくないのはわかっている。掲示板の前でぼんやりするのがFランク冒険者の仕事じゃないこともわかっている。

そういうわけで決死の覚悟で掲示板に臨む私なのである。

「先輩、この依頼とかどうですか？」

ライカは新しい依頼が貼ってあることに気づいたらしく、その詳細を読み上げる。

その依頼とはドラゴンの調査。奨励冒険者ランクはB以上。西にあるドラゴンの住む山に登って生態を報告するという内容。

先日のキラーベアの一件はドラゴンのせいではないかと睨んだ冒険者ギルドの的はずれな依頼だ。

ドラゴンの住む山はモンスターも多く、かなり危険だったはず。Fランク冒険者じゃ、まず骨も残らない依頼だと言える。

ふぅむ、いいね。これぐらいあからさまだと食いついてくるやつが現れるかも。

「あぁ～、本当だぁ！これってていいかもぉおお！　ドラゴンの調査だけだしぃいい！　戦うわけじゃないしぃいい！」

私はあえて馬鹿っぽく掲示板の依頼を指差す。

あえて、だからね、勘違いしないように。

普段は口数が少なくて、冷静沈着な人間なんだからね。

「……先輩、前から思ってたんですが、わざとらしすぎますよ？」

ライカは私の迫真の演技にツッコミを入れてくる。

ええい、わかっとるわい。

わざとらしいぐらいじゃなきゃ、みんな気づかないじゃん、そんなこと言っても。

さぁ、どうだ⁉

Fランク冒険者がドラゴンの調査に行くっていうんだよ。

これに食いつかなきゃ、あんたら先輩として終わってるよ⁉

……しかし、誰も声をかけてこない。

くそぉ、この唐変木どもめぇええええ。

「……先輩、もう終わりですよ？　私と魔法の特訓をしっぽり三時間、うひひひ」

「ひぃいいいい、……ん!?　この気配は!?」

ライカが邪悪な笑顔で私の希望を打ち砕こうとした瞬間だった。

私は背後にやさぐれた男の気配を感じる。

汗とアルコールと安そうな皮鎧の匂い。それはいかにも三流、いや四流冒険者の匂いである。

ま、まさか!?

「おいおいおいおい、獣人の劣等種がドラゴン調査だぁ!?　死ぬぞぉ？」

振り返ると、そこには見るからに頭は弱いけど体は強そうな大男が立っていた。

彼は口元を大きく歪め、私たちのことを見下ろして嘲り笑う。

そう、ついに現れたのである。

Fランク冒険者を煽る先輩冒険者様が！

「……はへ？」

「……わぅう」

待ちに待った出来事が起こると、逆に思考も体も固まってしまうのが人の常。

自分に起きた出来事を疑ってしまう私である。

ライカは「妄想じゃなかったんだぁ」などと失礼なことを小声で言う。

「あいだっ!?　痛いですよぉ」

とりあえずライカの右の頬を引っ張るが、ちゃんと痛そうにしている。

すなわち、現実なのである。

きたきたきたきたぁあああ！

お待ちしておりましたぁああ！

飛び跳ねたい気持ちをぐっとこらえる。ここで変に喜んだらだめだ。

「う、うるしゃいですよ！　あなたにしょんなことを言われる筋合いはありましぇん！」

私はすぐさま頭を切り替えて、用意しておいたセリフを口にする。

それは煽ってきた相手をさらに煽り返すというもの。

緊張のあまり、多少、噛んでしまったが及第点だろう。

私の記憶が確かなら、煽られた相手は激高して私に決闘を申し込んでくるはず！

うふふ、それこそが私の思い描いた未来《ビジョン》なのだっ！

「なんだとぉお、てめぇっ！　俺を泣く子も黙るD級冒険者ランバートと知ってのことか⁉」

男は野太い声を出す。彼の額には血管が浮き出ていた。

よぉっしゃあぁああ、煽り返し、成功！

ふぅむ、ランバートか。知らない人だけどD級冒険者っていうのがいいよね。

中級レベルでイキっているのがとっても香ばしい。

使い古された革の鎧は手入れもいまいちで、いかにも万年Dランクといった装《よそお》いだ。

さぁ、言いたまえ、私に決闘を申し込むと！

俺様の腕っぷしを見せてやろうかと！

これこそが伝統行事にして通過儀礼！

私のFランク冒険者生活の再スタートを彩るイベントなのだよっ！

飛び上がらんばかりに興奮した、その次の瞬間のことだ。

またも予想外の出来事が起きた。


「お前ら全員、動くなっ！」

冒険者ギルドの扉が突然、ばぁんっと開き、覆面をした男たちが乗り込んできたのだ。

奴らの身のこなしは俊敏で、手慣れた様子だった。それはこいつらがただの酔っ払いでも、変質者でもないことを意味していた。

「な、なんだぁ⁉」

当然、連中に釘付けになる冒険者ギルドの面々。

ランバートのおっさんの視線も当然そっちに向く。

はぁあああ？

ちょっと待ってよ、私の三日間の努力はぁあああ⁉

賢者様、努力を無駄にされた怒りに震え、とっておきの身体強化魔法で情け容赦なく盗賊をフルボッコにする

「お前ら全員、動くなっ！　これが何かわかるか？」

冒険者ギルドの扉が突然、ばぁんっと開く。

そして、現れたのは覆面をした男たちである。

しかも、その手にあるのは最近流行りの魔法爆弾。多大な魔力を込めることで、手のひらサイズの魔道具ながら、辺りを瓦礫の山に変えることのできる殺傷兵器だった。

さっきまで私に絡んでいた男も、それに気づいて「ひぃっ」と小さな悲鳴をあげる。

おいおいおいおいおい、おっさん、悲鳴なんかあげてんじゃないよ！

あんた、私を煽ってたでしょうがぁっ！

「一歩でも動くと、こいつの命はねぇぞっ！」

男の一人は近くにいた冒険者の女の子を人質にとるではないか。

なんてやつらだ、悪党にもほどがある。

「きゃぁあああ!?　た、助けてぇええ!?」

人質の顔には見覚えがある。私がキラーベアから助けてあげた、あのリス獣人の女の子だ。

うぅむ、どこまでも運の悪い子である。

「あいつら、最近、ここらを荒らし回っているクラジャート団だぜっ⁉」

「くそっ、その子を放せっ！」

盗賊の乱入に騒然となる冒険者ギルド。

でぇぇぇ、何よこれ、ちょっと待ってよ⁉

すっごくいいところなのに、変な奴らが来ちゃったよ⁉

「くそっ、あいつら魔法爆弾を持ってるぞっ⁉」

「迂闊には動けねぇぞ⁉」

冒険者たちも奴らがとんでもないものを持っていることに気づいたらしい。

魔法爆弾がさく裂すれば、おそらくこの冒険者ギルドの面々は一発で重傷を負うだろう。場合によっては死者すら出る。

普通に考えれば、奴らを刺激しないことに注力するはずだ。


しかし、私は違った。

魔法爆弾に対する恐怖だとか、そんなものは微塵たりとも感じることはなかった。

その代わり、私の野望を邪魔してくれたことに対する大きな失望と憤りを感じていたのだ。

せっかく三日も待ったっていうのに！

最後のチャンスだったたっていうのに‼

こいつら絶対に許さないっ！！！

「このクズども！　地獄の閻魔に詫びるがいい！」

怒りのあまり、ちょっと乱暴な言葉が口をついて出てくる。念のために言うけど、あたしゃ普段はこんなこと言う女じゃないんだよ。あいつらが悪い。

「ひ、ひぃいいいいい!?　お師匠先輩様!?」

私が魔力を解放したことに気づいたのか、ライカが怯えたような声を出す。

しかし、怒らずにはいられないでしょ。私の野望を打ち砕いてくれた、この連中にはっ！

「よぉし、動くなよっ！　ギルドの売上金をこの袋に入れろっ！　ほら、受付嬢、早くしろっ！」

覆面の男の一人は大きめの袋を受付の人に投げつける。

なるほど、奴らの狙いは冒険者ギルドの売上らしい。確かにギルドは多大なお金が動く場所だ。

それにしても、白昼堂々、爆弾を使って脅すなんて大胆な奴ら。

でもね、大胆さなら、私だって負けちゃいないよ！

「【午前一時の運動会《ミッドナイトエンジェル》】!!　【午後二時の存在消失《アフタヌーンステルス》】!!」

私はすぅっと息を吸うと、身体強化魔法と隠蔽《いんぺい》魔法の二つの魔法を同時詠唱。

体の血が沸き立ち、あらゆる能力が倍加していくのを感じる。

「くらえっ!!」

そのまま不届きな盗賊軍団に向かって、ダッシュ！

私が目指すのはあいつらの顎と魔法爆弾。

ほぼほぼ本気の速度での奇襲である。

身体強化による高速移動と、隠蔽魔法による姿を消した状態での死角からの攻撃。連中は私に気づくことさえできない。

ごすっ、げしっ、どがっ！

そんな具合に、私の左ジャブが無法者の顎にクリーンヒットしていく。私が掲示板の前にもどってくる頃には、賊は三人とも床に突っ伏していた。

ちなみに魔法爆弾は素人が触ると危ない代物である。こっそり収納魔法で懐に入れておき、代わりに先ほど八百屋で買った丸ナスと交換することにした。

うふふ、そっくりだからバレないかも。

「あれ？　ぶっ倒れたぞ？」

「ん？　あいつら、魔法爆弾持ってなかったか？」

「いや、ナスを持ってるぞ？　見間違いなんじゃないのか？　なんだこいつら？」

突然、賊が現れたかと思ったら、いきなり卒倒したのである。しかも、その手にはナスが握られているという始末。冒険者たちは突然の不可解な出来事に目を白黒させる。

しかし、数刻ほど過ぎると、衛兵がならず者たちをどこかに連れて行ってしまった。

愚かな賊たちよ、私の野望を邪魔してくれたことの報いを受けるがいい！

ひゃーっはっはっはっ！

心の中で高笑いをするのだった。

「……ライカ、帰るよ」

騒いでいる冒険者たちを後に、私たちはギルドを出る。

私の仕業だとはバレてないと思うけど、長居するのは得策じゃない。

「お師匠先輩様、さすがですっ！　三日間も意味不明なことをしていると思ってたら、悪い人たちが攻め込んでくるのを待ってたんですねっ！」

帰り際、ライカは私の腕に抱きついて何やら喜んでいる。

なんというポジティブな曲解力。ちょっとは見習いたいものだよ、それ。

「も、モチロンだともっ！　全部、計算通りってやつさ！」

私はライカの深読みを受け入れることにした。実際は偶然だけど。

まぁ、冒険者のみんなも無事だったし、これでいいのかな。

明日も頑張るぞ！


【魔女様の使った魔法】

午前一時の運動会《ミッドナイトエンジェル》：寝る直前になると突如として俊敏な動きを見せる実家の猫の動きを参考にした身体強化魔法。俊敏さ、力など、様々なステータスに強化がかかる。

午後二時の存在消失《アフタヌーンステルス》：昼間には完全に気配を消すことのできる猫の様子をヒントに開発された隠蔽魔法。明るい場所で効果を発揮し、敵に気づかれることなく攻撃できる。

ジャーク大臣の悲劇と野望：手下がまたしてもやられて大損害です。だけど、次はこいつがやってくれる（と信じてる）！

「なぁっ⁉　失敗しただとぉっ⁉　クラジャート団の愚か者どもめがっ！」

ここはランナー王国。文化と歴史に優れ、周辺国からも一目置かれる大国である。

その大国の有力者の一人がジャーク大臣。

彼の野望は隣国のワイヘ王国を侵略し、我が物とすることである。

しかし、彼は今日も大声をあげて怒り狂っていた。普段は丁寧な口調の彼であるが、怒りが爆発したときには乱暴な口調になるようだ。

その理由は単純なことだった。またしても、ワイヘ王国への破壊工作に失敗したのだ。

一度目はモンスターを使った街道の襲撃の計画。これは突如現れた冒険者によって、未然に防がれてしまった。

そして、二度目はならず者たちを使った、冒険者ギルドの襲撃。計画が実現していれば、多数の冒険者を殺傷していたはずなのだが、結果はまさかのゼロ。

冒険者たちは誰一人怪我を負うことなく、ならず者たちはお縄になってしまったのだ。

「いったい何が原因なのだっ⁉」

「そ、それが理由はわからないのです。盗賊の中でも凄腕を雇ったのですが……」

レイモンドは額に汗を浮かべて、事の顛末《てんまつ》を伝える。

彼の言うとおり、金目に糸目をつけず、最高のならず者を集めたのは確かなのだ。

しかし、結果は散々なものだった。

ならず者たちは、冒険者ギルドの扉を開けて人質をとった直後に倒れてしまったと報告されている。

冒険者の誰一人に危害を加えるでもなく、ただただ、その場で失神したとのことである。

多くの冒険者がその間抜けな様子を見ており、今では物笑いの種にもなっているそうだ。

しかも、である。

「何ぃっ⁉　魔法爆弾がなくなっただと⁉」

「は、はい。現場から逃げた見張りの言い分では、見せつけはしたが、いつの間にかナスになっていたと申しております」

「ナ、ナスだとぉおお……⁉」

必ず爆発させるように伝えていた爆弾がなくなってしまったというのだ。

それだけでも一大事だというのに、野菜に変化したなどと世迷言《よまいごと》を言う始末。

大臣は予想外の出来事に目を白黒とさせる。

魔法爆弾は取り扱い注意の非常に繊細なものである。

失神して地面に倒れたのなら、その瞬間に爆弾がさく裂してもおかしくはないのだ。

盗賊団が魔法爆弾を持ち逃げした可能性も疑ったが、懐から取り出したのは確かだと見張りは伝えている。

魔法爆弾は高価な兵器であり、はっきり言って大損害である。

「では、どこに消えたというのだ⁉　ぐぬぬ……、愚かな盗賊どもがぁあああ！」

怒りに震える大臣はガツンと机を叩く。

「大臣様、これはつまり得体の知れない敵が冒険者ギルドにいる……ということです。誠に残念ではございますが」

レイモンドは眉間にシワを寄せ、大臣を慰めるような顔でゆっくりと話す。

彼は内心、ほくそ笑んでいた。当初より盗賊団を使うのを快く思っていなかったのだ。

そして、盗賊がやられた以上、必然的に次の出番は自分なのだという確信があった。

「ふぅ、そうですね。私としたことが取り乱しましたよ。……しかし、レイモンドさん、あなたに策があると言うのですか？」

大臣は蛇のような瞳で、レイモンドをにらみつける。

そう、大臣は大いに苛立っていた。

多額の出費をしているのに、ことごとく失敗を続けているからである。

カヤックに出したモンスターも、クラジャート団に支払った金銭も、魔法爆弾の金額もバカにならないのだ。金にうるさい大臣には耐えがたいことだった。

「ふふふ、ご安心くださいませ、大臣様。私の呪術によってワイへ王国を恐怖のるつぼに陥れて見せます」

しかし、レイモンドは怖気づくことはない。

彼の内側にはもうすでに策が用意されていたからである。

そして、その計画は彼の最も得意とする呪術をいかんなく発揮するものだった。

「この計画を実行するに当たり、大臣様のアレを使わせていただきたいと思います」

「あ、あれを!?　そこまでするのですか!?　レイモンド、あなたは恐ろしい男ですよ……」

その計画の一部始終を聞いた大臣はこれから起こるであろう惨劇を想像し、言葉を失う。

それは敵に甚大な被害をもたらすこと間違いなしの計画だったからだ。

しかも、それは冒険者どころか一般市民までも標的に入れた、最悪の作戦ともいえる。

「ふふふ、私におまかせください……」

レイモンドの口元には邪悪な笑みが浮かべられていた。

賢者様、ド庶民Fランク冒険者にふさわしい武器と防具が必要なのだと決意する

「それじゃ、ライカ、やってみて」

今日は朝の早い時間からライカの魔法の修行に励むことにした。

一応、育てるって約束しているからね。

「はいっ！　てりゃあぁっ！　疾風よ、敵を切り裂け！　ウィンドブラストぉおおお！」

ライカは魔法学校で学んだ通りの詠唱をして、杖をぶるんと振る。

しかし、やっぱり何も起こらない。魔法陣も発生しないし、そもそも魔力の高まりを感じない。

「ぐぉがあああああ！　破滅ぅのぉウインドブラストぉぁあわぉおおおおん！」

ライカは髪の毛を振り乱し、全身の筋肉を使って思いっきり杖を振る。

最後のほうなんか、もうほとんど「わおぉぉおん」って叫んでるからね。犬か。犬人だけど。

ずどかぁっ！

「……へ？」

すると、どうしたことだろうか！

なんと結構な真空波が現れて、標的にしている木に深い傷をつけたのだ！

「やりましたぁ！　お師匠様、今のどう見ても魔法ですよねっ！　やったです！」

ライカはぴょんぴょん跳ねて喜んでいる。

しかし、しかし、違うのだ、ライカよ。

私は見ていた。

それは杖を振るう速度が尋常でないために起こった真空波である。

すなわち、単なる物理攻撃。

それはそれですごいんだけど、魔法じゃない。めちゃくちゃな腕力のおかげでしかない。

っていうか、あんた、普通にキラーベアをぶん殴って倒せるでしょ。

「えぇええ、だめなんですかぁぁあ」

ライカはがっくりとうなだれて、しょんぼりとする。

気持ちはわかるけど、勢いだけじゃだめなのだ。イメージの力を駆使して、魔法を顕現させなければ。

「でもぉ、それが難しいんです！　魔法学院ではこれが唯一の魔法だって教わりましたし、服装だって装備だってちゃんとしたのを揃えてもらったんですよ！」

ライカは拳を握って、自分は魔法学院で教わった通りにやっていると力説する。

確かに彼女の装備はいかにも魔法使いそのものなのである。ぶかっとした魔法使いっぽいローブに、古めかしい木の杖。

それなのに魔法が使えないんじゃ、ほとんど変装しているようなものだけど。

「この杖だって、おばあちゃんに買ってもらったんですよ！」

ライカはそういうと、えへへと笑う。

彼女の杖には魔石が埋め込まれていて、結構な値段がする逸品に違いない。魔法使いで言えば中級者以上におすすめの杖だろう。

彼女のローブには防御関係の加護がついていて、後ろにはご丁寧に家の紋章まで入っている。

それは狼っぽい犬の顔と、「柴犬☆剣聖」という文字がでかでかと刺繍されているものだった。

すごく……ガラが悪いです。

「……ん、紋章？」

ここで私の頭に電撃が走る

ライカのローブについている紋章、これはまずい。非常にまずい。

わかる人からすれば、我こそは剣聖の関係者だって言ってるようなものである。

剣聖のばあさんは非常に残忍かつ獰猛な戦士として、世界中で暴れまわったことが知られている。

『巨鬼竜《バハムート》殺しの柴犬剣聖』とは、何を隠そう、あのばあさんのことである。

すなわち、そんな剣聖の関係者に率先して関わるのは、よっぽどの命知らずか、アホか、酔っぱらいか、その全部が備わっている奴だということになる。

あのDランクのおっさんは相当にお茶目な人物だったんだなぁ。

「……な、なるほど。でも、それはそれでいいことだったのではないでしょうか？」

ライカは私の解説を聞いたにも関わらず、怪訝な顔をする。

相変わらず能天気というか、お気楽というか、裏の裏まで考えないというか。

私の内側から、「はぁ」と大きなため息が溢れてくる。

この子、やっぱり何もわかっちゃいない。

「いいことなんかないよ！　Fランクは Fランクらしく、煽られたり、軽んじられたり、侮られたりしなきゃ、もったいないじゃん！」

「も、もったいないっ!?」

そう、大切なのは目立たずにFランク生活を満喫することである。

そのためにはきちんとした装備が必要だ。

「装備してんのか、それ」みたいなFランクにふさわしい武器・防具を揃えなきゃ失礼なのである。

Fランクには Fランクの正装が必要なのである。

「せ、正装なんてものがあるんですか？」

「あるに決まってんじゃん！　Fランクだったら……基本は布の服とヒノキの棒だよ！　ライカ、高級な装備に甘えてたらだめ！　伸びしろがなくなっちゃうよ！」

「な、なるほど、確かにそうかもしれませんが……布の服ですかぁ？」

ライカはまだまだ渋い顔。

やはり、人間、一度高級品に袖を通してしまうと手放すのが怖いらしい。

「ライカ、そのローブ、すぐに脱ぎなっ！」

とりあえず、真っ先にすることは、ライカのローブを新調することだ。

少なくとも剣聖の紋章が入ったやつを着せとくのはまずい。明らかに只者じゃない感が出てしまうわけで、私のパジャマでも着せといたほうがよっぽどましだ。

「ひ、ひぃいいい、今すぐですかぁ!?　心の準備がぁあ」

ライカは眉を八の字にして、怯えたような声を出す。

目には涙を浮かべて、ガタガタと震える。

いや、別にあんたの肌を見たいとかそんなんじゃない。

そもそも、あんたは私の入っているお風呂にすっぽんぽんで飛び込んでくるでしょうが！

「あぁもう、しょがないなぁ。よし、今日はお買い物だよ。あんたにお似合いの服を買ってあげるからついてきな！」

「はいっ！　私、人からものを買ってもらうの大好きですっ！」

ライカは人格を疑われるようなこと言いながら、威勢のいい返事をする。

よぉし、ド庶民Fランク《わたしたち》冒険者にふさわしい武器と防具を揃えるよっ！

賢者様、王都の武器屋さんに到着し、ライカと一緒にテンションMAX。名品どころか伝説の武器を発見するもライカの様子がおかしいぞ

「いらっしゃいませー、こんにちはぁー」

ワイヘ王都の武器・防具屋さんにさっそくお邪魔した私たちである。

時刻は一二時前ぐらい。ちょうどお昼時であり、お客さんもほとんどいない頃合いだった。

ここで私たちにふさわしい武器を選ぼうっていう魂胆なのである。

「うわぁああ、品揃えがすごいですね！　お師匠先輩！　見てくださいよ、これ、詠唱時間短縮ですって！　これは炎魔法強化ですよ！　ひゃっほぉおお！」

ライカはずらりと並んだ魔法の杖の前で嬉しそうにしている。

これだから駆け出し冒険者しょうがないなぁ、などと思ったりもする。

だが、気持ちはよくわかる。優れた武器や防具を前にするだけで、自分の可能性が広がって見えるからだ。

剣を持てば、剣士になった自分が見える！

杖を持てば、魔法使いになった自分が見える！

覆面して斧を持てば、殺人鬼になった自分が見え……かねないから止めとこう。

とにもかくにも、私たち冒険者にとって、ここは心躍る場所なのだ。

「見てください！　これこれ！　女魔導士の服ですってぇええ！」

ライカはテンションが上がり過ぎてバカになっているのか、異様に露出した服を着て登場。

ばばーんと開いた胸元がすっごいド迫力である。

下半身には大きくスリットが入っていて、かなりチラチラしている。

ぐぅむ、これを使って敵の集中力を削ぐのだろうか。

男には効果てきめんだろうが、正直、私には装備できない……。

いや、別に着られなくはないと思うけどね？

そういうふうに敵を倒したって面白くないって言うか？

やっぱり、服装に頼らず正々堂々と戦いたいものじゃない？　ねぇ？　ちょっと聞いてる？

「これもすごいです！　女魔導士の黒ビキニ！」

私の思考が暗黒《めんどうくさい》方面に行こうとしている一方で、ライカはさらに露出の多い服に着替えて現れる。

「うわ、それ、ほとんど水着じゃん!!」

着る人を選ぶ装備に思わず叫んでしまう私である。

いったいぜんたい、どうしてこんなのが魔導士の装備なのか、狂戦士でしょうよ。これを開発した防具職人に小一時間説教をかませる自信がある。

いや、別に自分が装備できないから悔しいとかじゃないからね？

私だってやるときはやるからね？　今はその時じゃないだけで！

「ちょっと恥ずかしいですけど、面白いですねっ！　このまま水遊びできますよ！」

露出狂みたいな防具を装備して、ライカはとっても嬉しそうである。

普段はローブ姿で体のラインはわからないけど、この子、脱いだらすっごい体つきである。

いっそのことビキニアーマーを着て女剣士でもやればいいのに……。


「ひへへ～、面白いですねっ！」

ライカは再びローブ姿に戻って、店内をぴょんぴょん飛び回る。

その子供っぷりを私は微笑ましく眺めるのだった。

とはいえ。

何を隠そう、私だってテンションが上がっているのは確かだ。これまで武器防具をお店で買う機会などほとんどなかったのだから。

変身前は王宮からとんでもない杖や防具を勝手に支給されていたからね。

正直、装備のお値段の相場すらよくわかっていない。

「壮観だねぇ……」

その意味で、私の目の前に広がる、この光景は素晴らしいったらありゃしない。

特に『駆け出し冒険者コーナー』という看板のあるエリアには、震えるほどの武器や防具が置いてあるのだ。

雑多に貼られた『お買い得』『今なら半額』のラベルも心憎い。その安っぽさに私の心が躍るわけである。こん棒を三つ買ったら一本タダとか、そういうやる気満々なセールもいいよね。

ただ疑問なのはこん棒なんて、三本どころか四本もいらないってことである。

普通の人は運ぶだけでも大変だろうし。

「んむ!? ライカ、これ見てよっ！ すごいものがあるよっ！」

そして、私が手にしたのは珠玉の逸品！

「……ぼ、棒ですか？」

ライカはきょとんとした顔で小首をかしげる。

「ふふふ、これはただの棒じゃないよ……ひのきの棒さ！」

私はばばぁんっとそのなんの変哲もない棒を見せつける。

ひのきの棒、それはひのきの枝をちょっと加工した程度のただの棒きれである。なんの加護もついてないし、なんの特性もないし、そもそも頑丈さに欠けている。スライムみたいなのならともかく、普通のモンスターを数回ぶっ叩いたら折れるに違いない。

でも、このチープさがいい！

駆け出し冒険者の命知らずな感じをうまく表現してくれているというか。

眺めているだけでニヤニヤが止まらない。

「お師匠様、棒なら私も好きですよっ！ この短い棒はいかがですか？ 投げてくれたらとってきますけどっ！　はっはっはっ」

ライカは足元にあった短めの棒を手に取り、冗談とも本気ともわからんことを言う。

しっぽをぱたぱた振りながら、ちょっと目をキラキラさせて。

ええい、誰が弟子を使って、取ってこいゲームをするものか。

そもそも、あんたは犬じゃないでしょうが！

「えぇええ、残念ですぅうう。あっ、このフリスビーみたいなのかわいい！　これにしましょうよ！

さっそく原っぱにいきましょうよっ！」

続いて彼女は円盤型のアイテムに興味を示す。

しかし、それは投擲《とうてき》タイプの武器で、正式名称は「さつじん円盤」というえぐい名前。

側面に刃がついてる奴である。こんなんで遊んだら、口が死ぬし、ここにはあんたが遊ぶためのものを買いに来たんじゃないし。

「ライカ、ちゃんと自分にぴったりなのを選びなさい！　ほら、このお宝の山を見てごらんよ！」

「えぇえ、そっちガラクタ置き場じゃないですかぁ」

「ガラクタっていうな！　最終処分品《たからものおきば》コーナーって言いなさい！」

育ちがいいのはわかるけど、ライカは庶民の暮らしに無知であり、大概、失礼な奴なのである。

自分の目の前にある宝の価値に気づかないらしい。

彼女と一緒にいるとどうしてもペースが狂ってしまうので、私は一人でじっくりと品物を物色することにした。優れた武器や防具と向き合うのは心の作業だよね。

「こ、これは……！」

そして、私は硬直してしまう。

激安品の棚で、とんでもないものが目に飛び込んできたのだ。数々の名品と呼ばれる武器を見てきた私のハートを、そいつはいとも簡単に射抜くのだった。

「でぇえええ、た、たけざおじゃん！　こんな伝説の武器がどうしてここに!?」

さすがは王都のでっかい武器屋さんというべきか。

ひのきの棒と双璧をなす、へっぽこ武器が置いてあるではないか。

その名は、たけざお。簡単に言えば、竹の竿である。

竹というエキセントリックな素材を大胆に使用した、素晴らしい武器である。ふぅむ、大陸の東だからこんな武器があるんだろうか。

なにはともあれ、すごく軽い。

おそらく、数回使用したら割れちゃうんじゃないのかな。あの女勇者ならこれで空飛ぶB29型ワイバーンを撃ち落とすんだろうけど。

「ひょごふっ！　これはすごい武器だよ！」

私はたけざおを持って興奮に打ち震える。

例えFランク冒険者であっても、これを真面目に装備するやつはどんな唐変木《とうへんぼく》なんだろうか？

そう考えるだけで、吹き出しそうになる。だめだ、笑いが止まんない。

いや、馬鹿にしてるんじゃないよ。これでモンスターに立ち向かう強心臓に感心したのである。

まさに鋼鉄の心臓。リスペクトしてるんだよ、本当だよ。

「お師匠様、真面目にやってください。私にぴったりの装備を選んでくださるって言ったじゃないですか！　そんな軽い棒じゃ何もできませんよっ」

私がへぼい武器や防具ばかりを見ているので、ライカはご立腹の様子。

さすがにひのきの棒やたけざおを装備させるわけにはいかないか。

ライカは一応、魔法使い志望なんだし、魔法使いっぽいものを所望してるのかな。

「だったら、これがいいじゃんっ！」

そんなときに私の目に入ってきたのは、駆け出し冒険者【魔法使い用】と銘打たれた三点セット。

布の服、とんがり帽子、かしの杖である。

かしの杖は固い木材を使用しているらしく、なかなかの出来栄え。

とんがり帽子もいかにも魔法使いって感じで素晴らしい。

そして、なんと言っても最注目は、布の服、である。

ただの布でできた服であり、このチープ感がたまらない。おそらくゴブリンに一突きされたら破れてしまうような紙装甲だろう。縫製はしっかりしてるが、どう考えても戦闘向きじゃない。

「布だよ、これ。ただの布だよぉ！　なんだ布って！？　おひょひょひょ！」

眺めているだけで、我ながら気持ちの悪い笑い声が湧き出してくる。

やっぱり、駆け出しはこういうのじゃなきゃだめだよね。私はこれを買うことに決めた。

問題はライカである。彼女の杖はいいものだし、ローブも紋章を隠しちゃえばいい気もする。そうなると、買ってあげるのは、とんがり帽子だけでいいかなぁ。

「お師匠先輩、これを見てくださいよっ！　すごいですよっ！」

私が腕組みをして吟味していると、ライカがぴょんぴょん飛び跳ねて駆け寄ってくる。

彼女が手に持っているのは、お買い得シールの貼られた魔法使い専用の杖だった。魔法の発現に特化したワンドと呼ばれるもので、小型軽量タイプである。

「見てください！　これって、反対側がペンになってるみたいです、ほら、うご、ぎぐ、ごあああああああああああですぅぅうう！」

しかし、その杖を手に持ったライカの様子がおかしい。

杖の便利グッズぶりを解説し始めたかと思ったら、突然、奇声を上げ、白目をむく。

普段からおかしな言動を繰り返してはいるけど、こんなことは初めてだ。

ひぃぃいいい、ライカちゃん、どうしちゃったのさ⁉

大幅にグレードダウンする装備を買ってあげようとしてるから、怒ってるとか⁉

賢者様、ライカの奇行の原因をすぐに解明し、王都の武器屋を救う！

「ライカ、どうしたの？　お腹すいた？」

「ぐるぅううですぅう！」

武器屋でライカが突然、唸り始めた。

普段なら、お腹すいたって聞くと、間髪入れずに「はい！」って元気よく返事をするのに。

たとえ、食後であっても返事をするのに、まさかのノーリアクション。

「ライカ、ちょっと落ち着いて？　ね？」

「ぐるるるるっるるうううですぅううう!!」

話し合おうとするも、今の彼女には言葉が通じないようだ。

狂犬じみた唸り声をあげて、こちらを睨みつけている。せっかくの可愛い顔が台無しである。

あれ、この表情、ひょっとして……。

引っ掛かりを感じた私は、全てを見通す鑑定魔法【真実の目】を発動させる。すると、ライカの持っていた杖が怪しく光り、『呪い』のマークが現れる。

なんてこったい、この子、偶然、呪われた武器を手に取っちゃったらしい。

「風を司る柴犬の精霊よ、我に手を貸せ！　うぃいいんどぉおおぶらすとぉぉおおお！」

錯乱した状態のまま魔法らしきものを叫び始めるライカ。

その動きは普段と全く同じであり、もちろん、何も発動しない。

ふぅ、良かった。

もしも魔法が使えたら、大惨事が起こるところだった。

ライカにゃ悪いけど、彼女が魔法を使えないことを神様に感謝してしまう。

「うがががが！　ナゼナンデスカァあああ!?」

呪われたライカはどすんどすんと地団駄を踏んで悔しがる。呪われているにも拘《かかわ》らず、今朝と全く同じリアクションである。

しかし、まずいぞ。

この子は剣聖の孫。身体能力は半端じゃない。暴れたら色んなものが破壊されちゃうよ。

その証拠に彼女の足元にあった小石か何かが粉々になっている。

ひぃいい、地団駄で石ころを粉砕するってどうなってんのよ。

「ワタシ、ガクインデマホウナラッタ、デモツカエナイ、ナゼ？　リカイデキナイ」

ライカは白目をむいた状態で、ぶつぶつうわ言を言い始めている。

見るからに危ない人である。

このままじゃ追い出されるどころか、捕まるかもしれない。

駆け出し冒険者が武器屋さんから出禁になるのは非常にまずい。

へっぽこ武器をたしなむという楽しみが減ってしまう！

彼女の呪いを解呪しなくっちゃ！

それも、一刻も早く！

「聖なる猫よ、我に呪いを解く力を与えよ！」

私は猫魔法【聖なる☆頭突き《ホーリーヘッドバット》】を発動させる。

これは何を隠そう、私専用の解呪魔法！

実家の猫が再会のたびに頭突きしてくるのをヒントに開発した魔法なのである。前にいた勇者パーティーには聖女がいたから、使う機会はあんまりなかったけど、そんじょそこらの呪いなんざさくっと解呪しちゃうかんね。

詠唱を終えると私のおでこが光り始めるッ！

それこそ、「しゃきゃあああ」などと聖なる音も一緒に鳴るッ！

「えいっ！」

私はライカの背後から近づくと、腰のあたりにどすんと頭突きする。

うむ、いい感触。手応えあり。良い子は頭突きなんてマネしちゃだめだよ。危ないからね。

「ひきゃん!?」

ライカはまるで犬が尻尾を踏まれたときみたいな声を出すと、そのまま床にぶっ倒れる。

ぴくぴくぴく、しばし痙攣。

「……あれ？　お師匠様、私、何かやっちゃいました？」

目をさましたライカは腹立つことを言いながら立ち上がる。

顔色はすっかり戻っていて、文字通り憑き物が落ちた様子。どうやら呪われていた自覚はないらしいけど、何かやっちゃいましたじゃないよ。出禁になりそうだったんだから。

「わ、私、呪われてたんですかぁ!?　うそぉ、信じられません！　お師匠様の『壊セ、壊セ、全テヲ破壊スルノダ』って声が聞こえてきて、従っただけなんですよっ!?　いかにもお師匠様が言いそうじゃないですか！」

「言うか、そんなことっ!?　君は私をなんだと思ってるんだね!?」

なんとか解呪できたようで一安心……などと思っていたら、ライカがとんでもないことをぶちこんでくる。

「……破壊魔ですかね？」

「んなわけ、あるか！」

私のことを危険思想の持ち主だとでも言いたいのだろうか。

私はただ冒険者ギルドの水晶玉をグレーゾーンから攻めただけの善良なモブだよ。

人聞きが悪いなぁ、全く。

「ふぅむ、この杖が全ての元凶みたいだね……」

とはいえ、一番悪いのはこの呪われた杖なのである。

私は呪いに耐性があるので、それを試しに素手で触ってみることにした。

すると、私の頭の中にも『魔法は爆発だぁあああ』という不謹慎な声が聞こえてくるではないか。

うちのおばあちゃんの声で。

ちなみに『魔法は爆発だ』はうちのおばあちゃんの口癖である。一日に三回は言う。

なるほど、なるほど。この呪いは精神干渉系の類いで、信頼している人物の声で破壊行為を促してくるものらしい。

もしも私に呪い耐性がなかったなら、騙されちゃうかもしれない。

これってかなり性格の悪い嫌がらせだよね。これを仕掛けた人も性格が悪いに違いない。

「ライカ、品物には触らないでね、嫌な予感がするから」

ライカはどうやら呪いへの耐性が著しく低いようだ。

この子、アホだし、好奇心旺盛だからベタベタすぐに触っちゃいそうだし、釘を刺しておかねば。

「お師匠先輩、この帽子なんかどうです、かわいいでぐるぐるぅううう!!」

だがしかし、私の言葉は見事に空を切る。

奴は私の注意など聞かないまま、とんがり帽子にトライし、即座に呪われる。

っていうか、そのとんがり帽子、禍々しい目がついてるやつじゃん！

まばたきしてるし、どう考えても、呪われてるでしょ！

「アホかぁっ！」

「わうぉおっ⁉」

しょうがないので、すぐさま解呪魔法を発動して頭突きを食らわす私である。

あぁもう、弟子のポンコツ行為に頭がくらくらしてきたよ。

「だって、しょうがないじゃないですか。お店にあるものが呪われてるなんて気づかないですよぉ」

ライカは何事もなく立ち上がるも、ケモミミをしゅんとさせて弁解してくる。

彼女の行動にツッコミを入れたいのはやまやまだが、確かに、一理ある。

普通、武器屋というものは安全な品物を扱うものであり、棚に並べる前にしっかりと鑑定を行っているはずなのだ。特に王都の大きな武器屋となればなおさらだろう。

鑑定漏れが二つもあるっていうのは、ちょっと不自然に思える。

私は呪われた杖を持って、鑑定魔法の【真実の目】を発動。すると、そこには【呪い】以外にも【偽装】【効果遅延】の赤文字が浮かびあがるではないか！

ははぁん、なるほど。この呪いは巧妙に偽装されて埋め込まれているらしい。しかも、効果がゆっくりと現れるらしく、購入してしばらく経ったら発動するという仕組みなのだ。

武器屋さんの鑑定眼をすり抜けるとは、恐ろしくよくできている呪いだね。

私じゃなきゃ見逃してたよ。

ライカはとんでもなく呪い耐性が低いので、効果が即効で現れたみたいだけど。

「……もしかして、他にも呪われているものがあるとか？」

それに【偽装】という表示に嫌な予感がする。

私は鑑定魔法を発動させながら、武器屋さんの棚全体をじっくりと眺める。

すると、どうだろうか！

棚のあちこちに『呪い』の文字がゆっくりと浮かび上がっていくではないか！

それも尋常な数じゃない。数十個、いや一〇〇個以上ものアイテムが呪われているのだ。

あわわわ、この品揃えやばいって。ほとんど呪いの武器・防具屋みたいなことになってる。

これを買った人がみんな暴れ出したら、大変なことになるよ！

「こんなの許せません！　私、武器屋さんに抗議してきます！　私を呪ってくれた罪は重いですよっ！　一発ぐーで殴ります！　私、こう見えても極犬《きょくけん》カラテの黒帯ですよっ！」

ライカはぷんすか怒って、目を三角にする。

気持ちはわかるけど、暴力に訴えるな。あんたが捕まるよ。

「すとーっぷ！　ライカ、待てだよっ！　これあげるから！」

「あっ、ドーナツじゃないですか！　へへへ、この砂糖のかかってるやつ大好きなんですぅう」

私は懐から非常食を出してライカをなだめることにした。

粉砂糖がまぶしてあるやつをむしゃむしゃ食べ始めるライカ。

ちなみにこの子、昼食を先ほど済ませたばかりである。すごい胃袋。

「……しょうがない、一つずつ解呪していくよ。ここに来たのも何かの縁だし」

「さすがです、お師匠先輩！　見えないところでコツコツ親切にするのが大事なんですね！」

ライカは変に私を褒めてくれるが、そうじゃない。

実を言うと、私の欲しがっていた冒険初心者三点セットもしっかり呪われていたのだ。

なんの目的があって呪いをばらまいているのか知らないが、私が目を付けた品物を呪ってくれた罪は重い。

どこのどいつがこんな悪質なイタズラをしたか知らないけど、私を怒らせたらどうなるか見せてあげなきゃね。


「でりゃあああ！」

その後、私たちはお店中を駆け巡り、ありとあらゆるアイテムを解呪、解呪、解呪。

平たく言えば、頭突き、頭突き、頭突き！

小一時間ほど経った頃には、全てのアイテムの呪いは解呪されていた。

うぅう、おでこがひりひりするよ。こんなのもう二度とごめんだね。

「よぉし、最高の装備を揃えたよっ！」

「良かったですね！　お師匠先輩様！」

とはいえ、私は満面の笑みであった。なぜなら冒険初心者三点セットを購入できたからだ。

ライカには、とんがり帽子と武器じゃないフリスビーを買ってあげた。

装備もそろったし、私もライカも一人前のFランク冒険者に見えるだろう。

うふふ、私の冒険者生活はまだまだ始まったばかりだよ！

リス獣人のソロ、武器を揃える

「はぁ、最近ついてないなぁ」

ワイへの王都に溜息をつくひとりの少女がいた。

彼女の名前はソロ・ソロリーヌ。

種族はリス獣人で、旅をしながら腕を磨く、駆け出しの冒険者である。

彼女のため息には理由がある。先日、森に薬草を取りに行くとキラーベアの集団に襲われ、そのまた先日には盗賊に襲われて人質になったのだ。

どちらも不幸中の幸いで負傷はしなかったのだが、不運続きであることは否定のしようがない。

ワイへ王国では自分を劣等種と蔑む冒険者はほとんどいない。

だが、それでも彼女の心を劣等感が支配する。

そんなとき、彼女は獣人であるにもかかわらず魔法を使いこなしたという、新緑の賢者アンジェリカのありがたい言葉を思い出すのだ。

新緑の賢者は「為《な》せば成る、たぶんきっとどうにかなる」などと言い放ったという。まさに名言である。

その言葉を胸にソロは今日もやる気を振り絞るのだった。


「ラッキーアイテムのこん棒も手に入ったし、頑張るぞ!」

その後、彼女は王都で一番大きな武器屋を訪れると、こん棒を手に入れる。彼女の小柄な体格からすると大きめだが、なかなかしっくり来る出来栄えだ。

「私も新緑の賢者様みたいな偉大な冒険者になるんだ! 頑張れ、私!」

ソロは鼻歌まじりにうきうきした気分で武器屋を後にするのだった。

彼女は知らない。

武器屋に入るときにすれ違った、二人の冒険者が命の恩人であることを。

そして、そのうちの一人の猫人こそが、彼女の憧れの人物であることを。

ソロ・ソロリーヌ、後に伝説のソロファイターと呼ばれるリス獣人の少女である。

【賢者様の猫魔法】
聖なる☆頭突き《ホーリーヘッドバット》:解呪魔法。猫というものは主人が帰宅すると頭をこすりつけてくる。あれは悪いも

のを祓《はら》うお清め行為であり、非常に尊い。誠に尊い。この魔法はその猫の特徴をヒントに開発された。頭突きでなくても、こすりこすりでも解呪可能。

ジャーク大臣の悲劇と野望：レイモンドの企み、みごとに失敗する。しかし、しかし、次の企みがスタートします

「呪いこそ至高！　呪いこそ最強の魔法なのだっ！」

呪い、それは甘美な響き。

呪いを受けた人間はその力に反することはできず、奈落の底に落ちていく。呪いとはまさに他者を操る究極の魔法なのだ。

レイモンドはワイへ王国の武器屋にて、一人、ほくそ笑んでいた。

傍から見れば、黒づくめの男が棚の前でニヤついている構図である。たいそう怪しく不気味に見える光景だろう。

だが、今は朝の一一時である。武器屋がオープンした直後で、ほとんど客はおらず、したがってレイモンドを不審に思うものはいなかった。

「くくく、まずはこれに呪いをつけてやろう」

彼は魔法使い用のワンドを棚から取り出して、にやりと邪悪な笑みを浮かべる。

彼の開発した、呪いを付与する魔道具を使う時が来たのだ。

その魔道具の名前は東方の呪刻印《グラッジスタンプ》、平たく言えば呪いのハンコのようなものである。様々な魔物の素材と高度な呪魔法を組み合わせて生まれた、文字通り規格外の魔道具。魔力をエネルギー源にすることで、複数の呪いを道具に埋め込むことができるのだ。

レイモンドはこれの製作にあたって大臣から非常に高価な魔石を預かっていた。

魔石とは大量の魔力を蓄えているものであり、この世界では様々に利用されている。

彼が預かっているのは折り紙付きの超高級魔石。それを魔道具のエネルギー源として使うことで、高度な魔法を発動できるのだった。

「目障りな冒険者どもを駆逐してやるわ！」

レイモンドが呪いを発動させると、魔道具が怪しく光り始める。

彼の呪いにかかったものは、自我を失い、自分の体力と魔力が尽きるまで暴れ続ける。

冒険者の多くが暴れだした暁には、王都は混乱のるつぼに落ちることになる。しかも、呪いの発動には偽装と遅延効果がついているため、レイモンドの仕業だとバレることもない。

彼に良心と呼べるものが少しでもあったのなら、その魔道具を使うことに躊躇を覚えただろう。

しかし、彼の性根は腐っていた。

自分の栄達だけに関心のある彼は、一切の罪悪感を覚えないのだった。

「人がいないうちに完了させねば……」

レイモンドは魔道具を手のひらにこっそりと忍ばせ、手当たり次第に呪いの効果をつけていく。

さながら万引きの常習犯のごとく、彼はささっと仕事を終えていくのだった。

「ふふん、このだっさい初級者セットも呪っておこうか」

彼の目に留まったのは、駆け出し冒険者専用の武器と防具だった。

こんな物を購入するザコ冒険者が暴れたところでなんの意味もない。

だが、他者をいたずらに不幸に叩き落とすことほど、面白いことはない。

レイモンドは邪悪な笑みを浮かべながら、呪いをかけるのだった。

彼は知らない。

初級者セットに呪いをかけたことがきっかけで、アンジェリカが一念発起したことを。


「大臣様、仕事は無事に完了しました。数日中にワイへの王都は大混乱に陥るでしょう」

「おぉっ、よくやりましたね、レイモンドさん！　ふははは！」

仕事を終えたレイモンドは大臣に満面の笑みで報告をする。

それを聞いた大臣もまた、邪悪な笑みでもって答えるのだった。

「それでは魔道具に使っていた魔石を返してもらいましょうか？　あれは非常に高価なものなのですよ。小さいですが一〇年は使える代物のはず」

大臣はレイモンドの仕事が完了したと見ると、すぐさまに魔石の返還を求める。

この大臣、おわかりのようにケチなのである。

「ははっ……」

レイモンドはそんな大臣に心底うんざりする。

特別な作戦を成功させたのだから、褒美として与えてもいいだろうに、と。

とはいえ、大臣の命令は絶対である。

彼は落ち着いた素振りで、懐に手を入れる。

「あれ？　あれ？　……あれ？」

しかし、見つからないのだ。入れておいたはずの魔道具が完全にどこかに行ってしまっている。

レイモンドは青い顔をしながら、バッグをひっくり返し、ポケットを裏返しにする。

それでも出てくるのは小銭や紙切れといったものばかり。

彼の顔色はみるみるうちに青くなっていく。

「だ、大臣様、じ、実は、その、えぇぇと、……落としたようです」

先ほどまでの自信満々な顔はどこへやら。レイモンドは泣きそうになりながら、大臣に正直に紛失したことを伝えるのだった。

「な、なくしたですってぇええ!?　ふざけるなっ！　探してきなさぁあああい!!」

大臣は目をひん剥いて、大声を張り上げる。

レイモンドは涙目になりながら、最後に魔道具を取り出した武器屋まで走るのだった。

「ひぃひぃひぃ、なんということだ。冷静な私としたことが、なんたる失態……」

レイモンドは慌てて馬を走らせ、ワイへの武器屋に向かう。

自分が呪いを残してから、数時間が経過しており、そろそろ冒険者が暴れだすタイミングだ。ワイへの治安が崩壊するのは小気味のいい出来事である。

彼は大臣に叱責された憂さが晴れるとほくそ笑むのだった。

「ど、どういうわけだ……？」

レイモンドはニヤニヤしながら通りに出るが、王都は平和そのものだった。

冒険者たちもいつも通り、わいわいと楽しそうに歩いている。

呪いが蔓延したのなら、こうはならないはずだ。遅延効果が強く出過ぎたのだろうか。

彼はいぶかしく思いながらも武器屋に到着する。

とにかく今は魔道具を回収し、大臣に返却しなければならない。

彼は目を皿のようにして辺りを探し回るも、魔道具は見つからない。店員に恐る恐る尋ねるも、「知らない」の一点張りで頼りにならない。

レイモンドは床に這いつくばって、埃っぽい棚の下などを探し始める。

「な、何……!?」

そんな矢先、床の隅に大変なものが見つかってしまう。

それは粉々になってしまった魔道具の破片であった。

目を凝らしてみれば、大臣から預かった魔石もまた粉々になっている。

魔道具の破片はあたりに飛び散り、魔石はもはや再利用不可能なレベルにまで砕かれていた。

いくら床が石造りになっているとはいえ、魔石は非常に硬い。

とんでもなく強い力で、何度も叩き付けなければ砕けることなどないはずなのだ。

こんなことができる人間がいるとは思えない。

だが、起きていることは事実であり、現にそれは破壊されているのだ。

くっそぉおおお、いったい、どこの誰が、私の魔道具をぉおおおお!?

レイモンドは叫び出したい気持ちを必死に抑え、その場所にうずくまるのだった。

「な、な、なんだ、これは!?　一体どうなっている!?」

しかも、驚くべき出来事はそれだけではなかった。

武器や防具にかけた呪いがきれいさっぱりなくなっているのだ。

呪いの痕跡さえ消え去ってしまっていた。

彼は混乱で頭がくらくらするのを感じる。

ついさっき自分が呪いをつけたはずなのだ。

百近い武器と防具に丁寧に呪いを刻印したはずなのだ。

しかし、目の前の武器も防具も完全に浄化されているなんて!

「こっ、こんなことができるはずがない!!　聖女でも現れたというのか!?」

レイモンドはヒノキの棒を手に持って、わなわなと震える。

彼の頭に浮かんだのは、魔王を封印したと言う聖女の存在だ。

しかし、大陸の遥か西側で活動しているはずであり、そんな有名人が来たという情報を聞いた覚えはない。

一体どうして、かけたはずの呪いがきれいさっぱり浄化されているのか？

そもそも、自分の高度な呪いを見抜いて、かき消す人物がいるのか？

レイモンドは混乱と失意の中、ランナー王国の大臣のもとに帰るのだった。


「レイモンドぉおおお、あなたには失望しましたよっ！　魔道具まで壊してしまうとは、なんたる無能！　あの魔石はあなたの給料の数か月分にもなるんですよっ⁉」

彼を待っていたのは大臣からのきつい叱責であった。

大臣はその魔石がいかに高価なものだったのかについて説教をし、レイモンドの無能さをなじる。

それもそのはず、彼のやったことは魔道具を紛失したことだけなのである。呪いの力で追い詰めると豪語していたくせに、その発動すらできなかったのだ。

これには同僚のカヤックも失笑を禁じ得ない。

「ふくく……、大臣様、次こそは私にお任せください」

大臣の小言が止んだところで、一歩前に現れたのが魔獣使いのカヤックだった。

彼もまた先日のキラーベアの一件で、大臣からとがめられた人物である。

「カヤックさん、あなたにまた任せるとでも？　先日のことを忘れたのですか？　あの損害を？」

大臣は相手のミスはねちっこく覚えている嫌な性格である。

そして、話の文脈とは全然関係ないところで過去の失敗をぶち込んでくるという性分をしていた。

当然、カヤックの失態についてもつついてくる。

「大臣様、今度は間違いなく大丈夫です。帝国に貸していた私の不死の軍団が帰ってきたのですから、大船に乗ったつもりでお任せください」

しかし、カヤックは大臣の皮肉などびくともしないという様子だ。

彼は意味深に頷くと、含み笑いをする。

それもそのはず、カヤックは彼の操る『不死の軍団』に絶大なる自信を持っていたのだ。

それは貪欲極まる化け物の集団。頭はそれほど強くないが回復能力に優れたモンスターで構築され、複数を倒しきるのは熟練の戦士でも困難であると言われていた。

「ほほぉ、不死の軍団とは……。いいでしょう、あなたに任せます」

大臣は何とか機嫌を取り戻すと、カヤックにゴーサインを出すのだった。

「ライカ、イメージするんだ。君の内側にある野性の本能を思い出すんだよ!」

今日も午前中はライカの魔法の特訓である。

私はこの間購入した布の服を着て、訓練に臨む。この服、すっごく動きやすい。当たり前って言えば当たり前だけど、布ってすごい。

「思い出せって言われても無理ですよぉ。私、そんなに野性児みたいな育て方をされてませんもの。ペットもいませんでしたしぃ……」

ライカはいまいちコツを掴めないらしい。

口をとがらせて、困り果てている様子はちょっと哀れである。

ライカは剣聖さんちの本家に生まれており、正真正銘のお嬢様なんだよなぁ。見かけはほわぁあっとしているけど、いいお家の出なのだ。

野性の本能なんていう表現がだめなんだろうか。

ふぅむ、それならなんて言えばいいのだろうか? 野良犬の本性? 孤狼の血?

どちらにせよ、ちょっと失礼な気がする。

「そんなことよりお師匠様! いっきますよぉお、炎の矢よ敵を貫け! ファイアーアロー! ……あれ? おかしいですね」

ライカは私のアドバイスを完全に無視して普段通りの詠唱を開始し、普段通り失敗する。

魔法学院で学んだことがあまりにも強く影響しているようだ。

「ふぁいいいやあぁあああろぉおおおおわぁおおおんっ!」

しまいにはほとんど叫ぶみたいになっているが結果は同じ。

っていうか、大声ならどうにかなるみたいなもんじゃないぞ、魔法の詠唱っていうのは。

「あいたっ⁉」

しかも、入れすぎた気合で体のバランスを崩して転んでいる始末。

「ありゃりゃ、痛そうだね。回復魔法かけたげよっか？　それとも回復薬がいい？」

ライカの膝には血がちょっと滲んでいた。

地味に痛いんだよね、こういうの。

「ありがとうございます！　でも、私、こういうのすぐ治っちゃうんです！　ほら！」

ライカが笑顔で傷口を指差すと、もうすでに傷口は完全に消えていた。

血が止まるどころじゃない。

傷がまるごと消えていたのだ。

「な、何これすごい。……ライカって、未知の生物か何かなの？」

夢を見ているような気分である。

まるでトロルとか、そういう回復力特化のモンスターみたい。

「えへへっ、そんなに褒めないでくださいよっ！　照れちゃいますよっ！」

未知の生物っていう表現を褒め言葉として受け取るライカは、照れているのか私を殴ってくる。

素直なことはいいことだが、痛い。

私は彼女の傷の様子を見ながら、ひとり思索にふける。

ライカは極端な例とはいえ、獣人が普通人とは体のつくりが違うのも事実なのである。これは普通人とは魔力の働き方が違うからではないかと私は予想している。

獣人に魔力がないわけではない。

ただその循環の仕方が普通人やエルフとは異なっているというわけ。

だから、何かきっかけさえあれば魔法が使えるようになるはずなのだ。

きっかけ、きっかけねぇ……。

「そっか、身体強化魔法ならライカに向いてるかもしれない！」

私の頭に浮かんできたのは、これまでのような外部に発露する魔法ではなくて、自分の体に直接干渉するための魔法だ。

いわゆる、バフ魔法って呼ばれる魔法で、私の猫魔法だと【午前一時の運動会《ミッドナイトエンジェル》】なんかがこれにあたる。

「私、もっと派手なのが好きなんですけどぉ。ウインドブラストとかぁ、ギガフレアとかぁ」

とはいえ、ライカは気に食わない顔。

魔法使いと言えば、暴風びゅんや爆炎どかんの攻撃魔法ってイメージがあるのはわかる。

だけど、身体強化の魔法のほうがよっぽど使い勝手がいいのだ。

この間の盗賊のときもそうだけど、屋内で爆炎魔法なんて使わないからね、普通の人は。

「ライカ、なんでも言うこと聞くんでしょ。これができたら、目玉焼きを一つ増やしてあげるから」

「んぅううう！　頑張ります！」

私の説得《えづけ》が功を奏し、ライカはやっとやる気を見せる。

この子は基本的に食べ物で釣るに限る。

「まずは自分の内側にある魔力をイメージしよう。胸の真ん中がぽかぽか熱くなるイメージをしながら、ゆっくり呼吸して」

「魔力？　胸の内側の魔力をイメージすればいいんですね？」

そんなわけで五歳児に魔法を教えるのと同じところからのスタートだ。

一番大事なのは魔力を感じること。

それさえできれば、体のあちこちに移動させることができるのだから。

「うぎぐぅるぅうううう」

ライカは拳をぎゅうっと握って、唸り声をあげる。

目はほとんど白目をむいており、やばい病気にでもかかったのかと思ってしまうほどだ。

しまいには上半身が膨張して、あわわわ……!?

「あいだっ!?」

なんということでしょう。

ばつんっなどと音を立てて、彼女の服の胸元のボタンが私の額に直撃するではありませんか。

ボタンの縫い付けが彼女のお胸の圧力に勝てなかったのだ。

くっそぉ、なんて暴力だよ、肉体的にも精神的にも響いたよ。こんちくしょう。

ボタンが飛ぶなんて都市伝説だと思ったのにぃ。

「お師匠様、今のっ、今のって魔法ですよねっ!? 爆裂魔法ボタンバースト!」

ライカは何を勘違いしたのか、やったやったと大喜び。

違う、断じて違う。

胸を膨張させて服を弾けさせる魔法なんて聞いたことない。

そんなんできるんだったら、私がやってるに決まってるじゃないの!

そりゃもう常時発動させたいぐらいだよ。

「えぇえええ、ほとんど魔法だったと思うんですけどぉおお」

ライカは私に抗議してくるけど、断じて認められない。

うぅうう、魔法を教えるのがこんなにも難しいとは。そもそも、魔力を感じさせることも難しいとは。眉間にシワを寄せる私なのである。

……と、そんなところで、私たちはとりあえず朝の修行を終えるのだった。

さぁ、お昼からは楽しいFランク生活を始めるよっ!

賢者様、ついに薬草採取というザコ依頼を前に大はしゃぎ! もちろん依頼を受けるよ!

「せんぱーい、やくそうってなんですか?」

「薬草？　薬草って傷を治したりする植物でしょ。……あぁ、この依頼ね」

ここは冒険者ギルド。その一角にある依頼の張られた掲示板の前で、ライカが不思議そうな顔をしていたのには理由があった。

彼女の視線の先には『近隣の森での初級薬草の採取』の文字があったのだ。

なるほど、薬草採取かぁ、しかも初級薬草だなんて！

まさにFランクにふさわしいクエストだよ。

正直言って、私は薬草の採取をしたことがない。勇者パーティーで活動していたときは高級な回復薬が使い放題だったし、そもそも回復魔法が使えるからだ。

しかし、思い返してみれば、薬草採取は大事な仕事だよね。冒険者だけではなく、市井の人々も怪我をしたら薬草の成分を抽出したポーションを使うわけだし。

Fランクらしいザコい仕事ながら、人様の役に立てるなんて素晴らしいじゃないか！

「今日はこの魔法にしてみようか！」

「薬草採取ですね！　うふふ、アロエ魔法学院の初クエストです！」

私が依頼を選ぶと、楽しそうにはしゃぐライカ。

まぁ、クエストなんて大仰なものではないと思うけどね。

要は草を引っこ抜けばいい簡単なお仕事なんだし。

とはいえ、身分偽装して以来の初仕事ということもあって、私は内心ウキウキしながら近隣の森へと向かうのだった。

「ひえぇぇえええ」

森で私たちを待っていたのは、草、草、草の大繁殖だった。

今は雨が多くて、気温の高い季節、草が繁茂《はんも》するには最適な季節だ。やたらめったら茂ってくれて、どれを採集すればいいのかよくわからない。

「お師匠様、私、薬草なんて見たことないんですけどぉ」

ライカは不安そうに声をあげる。

確かにこの青々とした森で薬草だけを探すのは骨が折れそうだ。

「実を言うと私も……」

しかも、悪いことには私も初級薬草なるものを見たことがないのだ。

だってぇえ、所詮はFランク向けの簡単な依頼でしょ。すぐにわかると思ったんだもの。

仕事を舐めていた自分を小突きたい気分である。

でも、大丈夫。私にはあの魔法があるからね。

「【真実の目】、発動！」

そんなわけで鑑定魔法を発動。

私の視界にはどんどん植物についての情報が入ってくる。

メリムの樹、ドドド草、しゃくら花、雑虫草、煙スイレン……ｅｔｃ．

あわわわ。ちょっと混乱するぐらいの大量の情報である。

確かに森には色んな素材があるものだけど、私は別に名前を知りたいわけじゃない。

しょうがないので、魔法の精度をちょっと落として、薬草か、そうじゃないかだけに焦点を絞る。

何も目に入ったものすべてを鑑定する必要はないのだ。

私たちが欲しいのは薬草なんだから。

「おぉっ、薬草発見！」

そして、草むらの一角に『薬草』の文字を発見する。

なんていうか、ツンツンしている緑の草である。

ふぅむ、なるほど庶民の皆さんはこれを薬草にしているのか。勉強になったよ。

「ライカ、これが薬草みたいだよ。頑張って集めようじゃないか！」

「お師匠様、これ、なんだかいい匂いがします！　……食べちゃってもいいですか？」

「だめだよ？　お腹壊すかもしれないし」

ライカがとんでもないことを言い出すので、とりあえず止める私。

薬草の成分は毒として働くこともあるという。迂闊《うかつ》に食べたりしてはいけないはず。

「ぐむぅう、なんだか本能をそそられるような気がするんですよぉお」

「だーめ。……あ、でも、ちょっとわかるかも」

私の制止に口をすぼめて悔しそうな顔をするライカ。

午前中にことさら本能なんてことを教えたためか、彼女の中で何かが活性化しているんだろうか。

まぁ、気持ちはわかるよ。この薬草、どことなく食べたくなる佇《たたず》まいをしているのだ。ちっとも美味しそうには見えないっていうのに不思議なこともあるもんだ。

「帰ったら、おいしいサラダチキン食べればいいじゃん。今は頑張るよ！」

「はいっ！　私、サラダチキン大好きです！　やりまぁす！」

ライカは食べ物の話を持ち出すと、俄然《がぜん》やる気を出し始める。

サラダチキンはサラダじゃないけど、もはや何も言うまい。

そんなわけで私たちは手当たり次第に、ツンツンした植物を刈り取るのだった。

どんどんどんどん膨らんでいく採集袋。

うふふ、なんだか楽しい！


しかし、私たちは知らなかった。

自分たちが何を刈り取っていたのかを。

この後、冒険者ギルドで受けた鑑定結果に私たちは驚愕することになる。

賢者様、森の中でとんでもないブツを発見する

「薬草の依頼完了ですっ！」

「ふふふ、これぞ私たちの実力ですよっ！」

満面の笑みで冒険者ギルドに赴き、でっかい採集袋を手渡す。

ライカに至っては胸をどどんと突き出し、尻尾をぱたぱたさせ、けっこう自慢気な表情。

絶対、褒めてもらいたいんだろうなぁ。

「へぇえ、頑張ったわねぇ、あなたたち偉いわぁ」

冒険者ギルドの受付嬢のお姉さんは袋を開いて中身を調べる。

「……あー。頑張ったのはわかるけど、残念！　これって全部、ニャンちゃん・ワンちゃん用の草、犬猫草《いぬねこくさ》ね。薬草って言ってもちょっと違うかなぁ。売れなくはないんだけど、依頼のものじゃないのよねぇ」

「はへ？」

「うそぉおおおお」

ここにおいて、まさかの宣告を受けた私たちなのである。

あまりのショックに変な声が漏れてしまう。

お姉さんが言うには、これは犬猫が胃腸を整えるために食べるペット用の植物なのだそうだ。

犬猫にとっては薬草だが、人間の薬草としては利用価値ゼロとのこと。

「でっ、でもぉ、この草とっても美味しそうなんですけど！」

「……獣人の皆さんはいけるのかもしれないけどねぇ。今回欲しいのは違う薬草なの。このギザギザの葉っぱがポイントよ」

「ぐむぅう、美味しそうなのにぃ……」

ライカが必死に抗議するも、受付のお姉さんは笑顔で応対する。

この人、本当に懐が深いなぁと感心する私である。

とはいえ、これは完全に私のミスである。鑑定魔法の精度を落としたのがいけなかったらしい。

うぅう、笑顔で「完了しましたぁ」なんて報告した私をぶん殴ってやりたい。

「ぎゃはは、さすがは劣等種のFランクだぜぇ！　薬草と雑草の区別もつかないなんてなぁ」

そして、こんな時に限って憎まれ口を叩く輩が現れるものだ。

そう、この間の酔っぱらいの男である。名前は覚えてない。

「……ぶっちぃん。先輩と犬猫草をバカにするやつは許しませんよ？」

ライカは相当に喧嘩っ早いのか、指をぽきぽきと鳴らし始める。

堪忍袋の緒が切れた表現をわざわざ口頭でするなんて、古すぎて逆に斬新。

「お師匠様、この人、正当防衛で殴っていいですよね？　『はい』か『殺れ』か『ライカにお任せ♥』で答えてください。罪状は女の子に無許可で話しかけた罪です」

さらに私の弟子はとんでもないことを言い出す。

選択肢は暴力一択だし、最後のやつは絶対やばい奴でしょ。ハートマークで偽装してるけど。

気持ちはわかるが、あんたが暴れたら、この酔っ払い、あの世に行っちゃうでしょ。

「ライカ、待て、待てだよっ！　ステイ、ステイ！」

「うぐるぅううう。お師匠先輩の言うことは絶対ですけどぉおお」

「あとでドーナツ買ってあげるから！」

「やったぁ！　私、ふわふわ丸いのが好きです！」

私はなんとかライカを餌付けしてなだめると、冒険者ギルドを出るのだった。

そう、森に戻って依頼をやり直すのである。

「はぐっ、はぐっ、ぜぇったい許せませんよ！　ドーナツおいしい！　あんの、酔っ払い男、いっつも絡んできて大っ嫌いです！　やっぱり、ドーナツ最高ですね!!」

ドーナツをむさぼりながらも、未だにぷんすか怒っているライカである。

情緒がどうなってるのか、かなり心配。

だが、彼女の気持ちはわかる。私だってバカにされていい気分がしているわけではない。

「よぉし、こうなったら、沢山、薬草を集めて、あの男をぎゃふんと言わせちゃおうよっ！」

「それですっ！　次こそは絶対にしくじりませんっ！」

私とライカは謎のやる気に満ち溢れると、森の中で「うおぉ」などと叫ぶ。

怒りがやる気に転化した瞬間である。

それから先はさっきと同じ。真実の目で依頼の薬草を把握すると、むんずと掴んでぽいぽいぽいぽい引っこ抜く！

私たちは森の奥まで怒涛《どとう》の勢いで進み、採集袋いっぱいに薬草を蓄えるのだった。

どんなもんだい、すごいだろう。

あたしゃ、やるときはやる女なんだよ。

「お師匠様！　すっごい取れちゃいましたね！」

ぎっしりつまった薬草袋にライカは喜びの声。

私は途中から身体強化したけど、それに素でついてこられるライカはすごい。どう考えてもアタッカー向きの身体能力である。

この子を魔法使いにしていいんだろうかという根本的な問いが頭に浮かぶ。

剣でも体術でも極めれば相当なものになるだろうに。

まぁ、本人が望んでるんだからいいか、別に。


「くんくんくん……、お師匠様、こっちに何かありますよっ！」

そろそろ帰ろうかとなった頃合いに、ライカがおもむろに歩き始める。

ライカは柴犬人族である。耳だけじゃなくて鼻もいい。

何か気になるものを発見したのだろうか。

「こっちです！」

彼女が私の手を引っ張っていった先は、人が近寄りがたい茂みの中だった。

うひぃ、ちくちくと葉っぱが顔に当たる。

こんなところに何があるっていうのさ!?

「このにおいです！　ちょっと苦い感じのにおい！」

「こ、これはっ！」

そして、私たちが発見したのは、まさか、まさかのものだった。

地中に埋まったモンスター型の高級素材、マンドラゴラである。

それも一本どころではない。数十本が群生しているのである。

「眺めがいいところですねぇ」

ライカの言うとおり、向こう側は切り立った崖になっており、日当たりもいい。

向こう側に山々を望み、なんだかすごく気分のいい場所だ。

ふぅむ、マンドラゴラがこんなところに生えているなんて不思議なこともあるものだ。

「お師匠様、なんですか、このダイコンっ？　よし、今夜は豚大根にしましょう！」

ライカは何もわかっていないらしく、笑顔でマンドラゴラに近づくと引っこ抜く姿勢に入る。

な、な、な、何やってんの、この子⁉

「ばかっ、やめろっ！」

私は身体強化の魔法を無詠唱で発動させせると、やつにどぎゅんと体当たりをかます。

「きゃいんっ⁉」

突然のぶちかましにゴロゴロと転がるライカ。

ふぅう、危なかったぁ。

「お、お師匠様、いったい何を⁉」

目を白黒させるライカではあるが、温厚な私が暴力に訴えたのには理由がある。

このマンドラゴラ、引っこ抜くときに絶命の声《デスボイス》なる絶叫をあげるのだ。その声をまともに聞いたものは死ぬか、精神をおかしくするか、死ぬまで頭を振り続けるかの三択だと言われている。

ダイコンみたいにひゅぽーんと引っこ抜いていいものではない。

それに猛毒があるから、きちんと処理しないまま食べると中毒死しちゃうし。

「えぇ～、ダイコンそっくりですよぉ？」

ライカは渋い顔をするが、そもそもこれには顔がついてるでしょうが。

あんたの知ってるダイコンはどんなものなんだ。

「それにしても、ものすごい量だねぇ」

この群生具合に私は顔をしかめる。

マンドラゴラは成熟すると、二足歩行で歩き出すモンスターに変化する。その際には「絶命の声」を自在に操り、森の生き物は死滅すると言われる。なかなかに凶悪なモンスターなのである。

しかも、この数のマンドラゴラが大人になったら大変なことが起こるだろう。森に入った人々がばったばったと亡くなってしまうことになる。一昔前、山奥の村をマンドラゴラが滅ぼしたっていう話を聞いたことがあるし、近隣の村々がなくなることだってあり得る。

「じゃあ、全部やっちゃえばいいじゃないですかっ！　スイカみたいにぐしゃっと！　ライカ、やぁりまぁす！」

「うぉ、こぉの、ばかちんがっ！」

「きゃいんっ⁉」

ライカは杖でマンドラゴラを叩き割ろうとするので、体当たりでなんとか止める。この子の無邪気な積極性に私は殺されるんじゃないだろうか。

このマンドラゴラ、絶命するときにもまた例の叫びをあげるのである。

手当たり次第にスイカみたいに潰そうもんなら、命が何個あっても足りない。

「うーむ、それなら、どうすればいいんでしょうか。……あ、そうだ！　あの酔っ払い男に引っこ抜かせたらいいんじゃありませんか？　ふふふ、あくまでも冗談ですけど！」

ライカは珍しく冗談を言うが、ぜんぜん冗談に聞こえない。

この子、思った以上に恨みがましい性格なのかもしれない。

ライカの仄暗い部分を垣間見て、背筋に嫌な汗をかく私なのであった。

まぁ、私もちょっといいアイデアかもって思ったけどね。

あくまでも冗談だけどねっ！

賢者様、山と積まれたマンドラゴラを見て愕然とするのです

「お師匠様、どうすればいいんですか！　万事休すですよ！」

ライカは八の字眉毛で困っているが、私はむしろ余裕しゃくしゃくだった。

マンドラゴラの幼生の対処法はそんなに難しくないのだ。

「ライカ、魔力を耳に集めて耳栓をするんだよ。そしたら、なんにも聞こえなくなるから」

そう、解決策は意外に簡単。

魔力を耳に集めさえすれば、マンドラゴラの絶叫は聞こえなくなるのだ。早い話、いくら死に至る絶叫であっても聞こえなきゃ怖くないのである。

この魔力を耳に集めるという行為は、魔力操作でいえば初歩の部類だ。私の場合は【猫の無関心】という魔法を使うと、他の人にも無音状態を持続させることができる。

「わかりました！　耳に魔力を集めるんですね？　なんかこう温かいのを回していくイメージですよね……、うぐぐぐ！」

ライカは拳をぎゅうっと握って、ふんばる姿勢。

実戦によって人は潜在能力を開花させるって言うし、いい機会かもしれない。

こんな森の奥で魔法を指導するとは思ってなかったけど。

「ひぇえん、できませぇえん。ううむ、耳がピクピク動くだけです！」

ライカはそう言うと髪の合間から生えた耳をしびびと器用に動かす。ふぅむ、難しいなぁ。

そのときである。私はふと昔のことを思い出す。

魔法のトレーニングを始めるとき、賢者のおばあちゃんがいつもやってくれたことを。

「ライカ、ちょっと目をつぶって」

「ひぇ、はい？　えぇええ」

それはおでことおでこをくっつけて、魔力を共有することだった。身体的な接触によって、相手の魔力を起こしてあげるのである。

私は彼女の頭をぐいっと引っ張って、半ば無理やり額にごっつんこする。

ちょっと恥ずかしいけど、魔力を感じてもらうには一番の方法のはず。

ライカは私よりも身長が高いから、背を丸めてもらう必要があるけどね。

「ライカ、自分の内側に流れてくる熱に注目して」

「ひゃ、ひゃい……。ええと、この温かいのですか？」

「そう、それだよ。それが体中を駆け巡っていくのを観察して」

「はい……。なんだかポカポカしてきました……」

思った以上に呑み込みが早く、いい感じである。

私とライカの魔力が馴染んで、魔力の流れができているのだろう。

この流れを掴むことが魔法の第一歩なんだよ。

私にとっては当たり前すぎて、こういった初歩の初歩をすっとばしていたらしい。反省。

私はそのままの姿勢で彼女に指示を出す。

「じゃあ、その温かいものが耳に集まってくるのを感じて……」

「あっ、もっとよく聞こえるようになりました。マンドラゴラの呼吸音が聞こえます！」

彼女の顔色がぱぁっと明るくなったので成功したかと思ったが、期待していたのと逆の効果が現れる。とはいえ、悪くないよ。聞こえを良くする魔力操作もあるし、方向性は間違っちゃいない。

焦らずにゆっくり魔力操作をマスターしていけば、いつかきっとできるようになるはず。

それにしても額をつけっぱなしっていうのは恥ずかしいなぁ。

顔がぽかぽかしてきたので、私はおでこを離すことにした。

「それじゃ耳が聞こえなくなる魔法をかけるよ！　一気にマンドラゴラを抜いちゃおう！」

「はい！　あたりに人はいなさそうなんで大丈夫です！　人はいません！」

ライカにしてはいい着眼点である。

周辺に誰かがいたら絶命の声《デスボイス》を聞いてしまうわけで、危ないからね。

「偉大なる猫の神よ、名を呼ばれても決して聞こえないふりをする、その完全なる無音状態を我に授けたまえ……」

【猫の無関心】という魔法は、名前をいくら呼んでも完全にだんまりをきめこんでいる実家の猫をヒントに開発された魔法である。猫とはこっちがもんのすごい猫なで声をかけても、さっぱり反応しないことが多い。あれはおそらく、魔力で無音状態を作り出しているに違いない。

そんな感じの経緯で開発されたこの魔法は、一度、発動すれば、一切の音を感じなくなる。

「…………!!（すごいですよっ、なんにも聞こえませんっ!!　お師匠様、最高!!）」

魔法にかかったライカはなんだかすっごく驚いて、ガッツポーズをしている。

だけど、私だって無音世界にいるのだ。聞こえるわけない。

まぁ、ライカは素直な性格なので、言いたいことは大体わかるけど。

「…………（はじめるよ！）」

私はジェスチャーで作業開始を宣言すると、マンドラゴラを勢いよく引っ張るのだった。

「…………‼（頑張りまぁす‼）」

ライカは相変わらず声を張り上げているようだが、聞こえるわけもなし。

マンドラゴラの恨めしそうな顔など意にも介さず、私たちはどんどん引き抜いていくのだった。

おそらく崖の向こう側には不気味な絶叫が響いているんだろうなぁ。

「よぉし、終わり！」

最後の一本を引き抜いたところで、魔法を解除する。

ふぅっ、いい汗かいた。

久しぶりに聞いた鳥たちのさえずりが、素晴らしく爽やかなものに感じられた。

「お師匠様、すごいですよっ！　こんなにたくさん発見したら絶対ほめてくれますよ！」

地面に山と積まれたマンドラゴラのそばでライカは明るい声を出す。

「やばいじゃん、これ……」

そして私は我に返るのだった。

そう、マンドラゴラは高級素材であり、こんな量を一気に納品したら大変なことになる。

ギルドから表彰どころの騒ぎじゃないよ。冒険者ランクをDぐらいに引き上げられちゃうかもしれない。

「こんなに大量のマンドラゴラを持っていったら、ヤバいことになるじゃん」

「え、それっていいことじゃありませんか？」

マンドラゴラは確かにいい素材だ。色んなことの役に立つだろうし、高値で売れる。

だからこそ、良くないのだ。

「ぜんっぜん、良くないよっ！」

私が必死になって手に入れたド庶民Fランク冒険者の地位が危機に陥るのである。

こんなところで失ってたまるかよ、こんちくしょう。

へ、へ、へへ、かくなる上は……。

「よぉし、マンドラゴラをチェックしちゃおうかなぁ！」

私は敢えて高めの声を張り上げると、そそくさとマンドラゴラに歩み寄る。

後から考えれば、その時の私はちょっとだけ我を忘れていたのだろう。

Fランクという至高の地位を守るため、信じがたい行動に出てしまったのだ。

「あぁっと足が盛大に滑ったぁああ！」

そう、私はマンドラゴラの山を吹っ飛ばしたのである。

瞬時に身体強化魔法を発動し、ぶつかる際には風魔法を発動させたのは言うまでもない。

結果、どがぁんと崖の下に落ちていくマンドラゴラ。その顔はより一層恨めしいものだった。

「えぇええぇ!?　お師匠様、滑りすぎですぅう！　もったいないですぅう！」

ライカの絶叫がこだまする。

もったいないってのは私だってわかってるよ。

だけど、この時の私にはそれぐらいしか解決方法が見つからなかったのだ。

「あれ、こんなところに一本だけ残ってるじゃん」

ふと気づくと、一本だけ難を逃れたマンドラゴラが落ちていた。

そいつは悲しそうな顔をしたまま地面に転がっていて、やたらと哀愁の色を放っていた。

ごめんね、私もちょっとやりすぎたよ。

私は帰る途中で、そのマンドラゴラを置いておくことにした。

ひょっとしたら、誰かが見つけてくれるかもしれないから。

誰かいい人に拾われて有効活用してもらえるといいね。


「アロエちゃん、ライカちゃん、すごいわよっ！」

冒険者ギルドに戻ると、袋いっぱいの薬草にギルドのお姉さんは大喜び。

えらいえらいと何度も頭をなでられてしまう。

私はもうそんな歳ではないのだが、それはそれで嬉しい。

ライカなんか尻尾をぱたぱた振って大喜びするのだった。

Fランク向けの仕事とはいえ、お仕事はお仕事。結構、楽しかった。

後日談であるが、私たちが大量に摘んだ犬猫草は結構な値段で取引された。遠くの国の魔獣使いが買い取ってくれたとのこと。冒険者ランクには貢献しなかったけど、無駄にならなくて良かった。

ソロファイターソロちゃんの奇跡：マンドラゴラ採取

「……ソロちゃん、前回の薬草の依頼も失敗したし、次に失敗したらFランク降格だからね」

「ひ、ひえぇぇえ、頑張りますぅ……」

冒険者ギルドで受付嬢から優しい顔で警告を受けるのは、ソロ・ソロリーヌその人である。

後に伝説のソロファイターと呼ばれる彼女であるが、今は両目を涙で潤ませていた。

冒険者ランクをFからEにあげたのも束の間、最近では依頼に失敗してばかりなのである。

「でもでも、今度こそはいいことあるかもしれないよねっ！　ラッキーアイテムのこん棒だって持ったんだし！」

ここで落ち込んでばかりではいられない。

ソロはラッキーアイテムのこん棒を片手にやる気を振り絞るのだった。

彼女が選んだ依頼は近隣の森での高級素材の発見だ。彼女はリス獣人であり、森の中での素材採取はそもそも得意である。

最も望まれているのはマンドラゴラ。

様々な薬剤の材料となる植物であるが、森の奥で時折見つかる高級素材だ。

しかし、さすがにEランク、しかも一人で活動しているソロには難しい。そもそも彼女は獣人で魔力で耳を聞こえなくすることも難しいため、採集するのは困難だ。

それでも、薬草や薬キノコの採取などは得意であるし、大丈夫そうだと高を括っていたのだった。

「うぅう、やばいよぉ。このままじゃFランクに落ちちゃうよ」

森の中をどんどん進むこと数時間、彼女は焦っていた。

薬草が見つからないのだ。歩き方が悪いのか、どこにも見つからない。

ソロは涙目になりながら必死で地面をあさり、藪の中に飛び込んでみるも見つからない。

彼女は泣き出したい気持ちを抑えながら森の奥のほうに辿り着く。

モンスターも強くなるし、そろそろ帰らなければ危ないが……。

「あ、あれはっ⁉」

そこで彼女はそれを見つけた。

無造作に転がる人面の魔物植物、マンドラゴラを。

通常は地中に埋まっているはずなのだが、どういうわけか木陰でころんと転がっていた。

マンドラゴラをこん棒でつついてみるも反応はない。

すなわち、ただの高級素材である。

「やったぁあああ！　これで降格回避できるよぉおおお！」

ソロは走った。

疾風のごとく。

マンドラゴラを抱えながら！

頑張れ、ソロファイター、ソロ・ソロリーヌ！

【賢者様の使った猫魔法】
猫の無関心：猫は名前を呼んでもほとんど反応を示さないときがある。いや、ほとんどそうである。これは別に聞こえていないふりをしているわけではなく、魔力を発動させて聴覚に蓋をして無音状態を作り出しているのだ。この魔法は猫の完全無音の状態を意図的に作り出すことができる。あんまり長時間発動させると、精神がおかしくなるので注意したい。

ジャーク大臣の悲劇と野望：カヤック、不死の軍団があわわわわとなるが、次の四天王がウォーミングアップを始めましたよ

「ぐふふふふ、これぞ、わしの不死の軍団だ!!」

ランナー王国の宮廷魔術師の重鎮、カヤックは満面の笑みを浮かべていた。

彼の使役する本命の魔物、トロル軍団が戻ってきたからである。

先日までその軍団を借りていた帝国は、隣国との戦争のためにそれを使役したという。

その結果は騒然とするものであり、精鋭ぞろいと言われた隣国の騎士団を完膚なきまでに叩きのめした。騎士団がいかに苛烈に攻め立てようとも、異常な回復力を誇るトロルを蹴散らすことはできなかったのだ。

単体のトロルならともかく、群れのトロルを壊滅させるには、それこそS級並みの大量破壊的な攻撃ができなければならないと言われていた。S級冒険者は大陸全体で一〇人程度しかおらず、そうそう出没するものではない。

よって、トロル軍団を操ることのできるカヤックはS級の力があると言ってもよく、大臣から一目も二目も置かれていた。


「さぁ、いけぇっ！　さっさと動くのだ！」

カヤックはトロルをびしばししごきながら大声をあげる。

トロルは回復力に優れた魔物ではあるが欠点もある。頭が良くなく、動きも遅いという点だ。

その群れを指揮する場合には複数人数で目的地へと誘導しなければならないのが通例である。

しかし、この魔物使いのカヤック、なかなかの人物なのである。彼は鍛え上げられた従魔の魔法で、単独でトロルの軍団を操ることができるのだ。

「この道を通ってワイへ王国の王都に向かうぞっ！」

カヤックはあらかじめ見つけておいたルートにトロルたちを誘導する。

それは崖の下にできた天然の道で、道沿いに進むだけでスムーズにワイへ王国の王都を襲うことができるものだった。

落石や崖崩れの心配があるため一般人に使われれることも滅多にない。つまり、奇襲を行うにはうってつけのルートなのである。

「ぐひひひ、わしのかわいいキラーベアを殺してくれた者どもに復讐してやるっ！」

カヤックはトロルの軍団が王都を襲う様を想像し、ニマニマとほくそ笑む。

キラーベアの作戦時にはつい目を離したすきにやられてしまった。

おそらくは偶然、凄腕の冒険者か、通りすがりのドラゴンが森に入っていたに違いない。

しかし、今は違う。

見つかりようのない秘密のルートでの行軍なのだ。失敗するはずがない。

「よぉし、前夜祭だ、祝い酒でも飲んでやろう」

気を良くしたカヤックはいそいそと酒を取り出すと、勢いよくあおり始める。

この男、戦う前から勝ったつもりになっていたのであった。

手製のつまみなども用意し、さながら一人だけの酒宴を開催する。

うまいうまいと舌鼓をうっているうちにトロルの軍団は遠くに歩いていく。

しかし、心配はいらない。

トロルの軍団は自動でワイへの王都を襲うことになっているからである。

それに少々休憩したとしても、のろまなトロルの足に追いつくのは簡単だ。

「ぐふふ、いい気分だぁ」

カヤックは酒と食べ物をたらふく飲むと、居眠りさえ始めてしまう。

彼は大臣にどのように褒められるだろうかとニマニマしながら夢の世界に入っていく。

その眠りから彼が目を覚ますのは一時間後のことだった。


「ほ、ほげぇえええええ!?」

そして、トロルの軍団に追いついたカヤックは信じられないものを目にすることになる。

彼の不死の軍団が、どんな攻撃にも屈さないトロルの軍団が、倒れているのだ。

しかも、三分の二ほどのトロルは白目をむいて絶命していた。

かろうじて生き残っているトロルたちも様子がおかしい。目の焦点が合わず、頭を猛烈に振り続けるなど錯乱状態にあるようだ。

「な、な、何が起こったぁあああ!?」

驚くべきはトロルたちに攻撃された形跡が一切ないことだ。

絶命したトロルはついさきほどまで生きていたかのような肌の色をしていた。

それはまるで死の宣告という高位の闇魔法を受けたかのような死に様なのだ。

「ひ、ひ、ひぃいいいいい!? も、戻れ! 戻るのだぁっ!」

この場所にいたら自分も殺されるのではないか?

そう直感したカヤックはトロルに命令を出して、ランナー王国に戻ることを指示する。

大臣にはワイへ王国にとんでもない化け物がいることを進言しなければならない。

トロルの損失については叱責を受けるだろう。

しかし、三分の一でもトロルが残っていれば、平和ボケのワイへ王国を襲うことは十分に可能だ。

闇雲に進軍して、大事な命を危険にさらす必要はない。


そのときだった。

どたどたどたっと何かが頭上から落ちてきた。

それは大根と呼ばれる野菜のように見えた。

「なぁっ、どうしてここに大根が⁉」

驚き焦るカヤック。

うぐがあああああ！！？

しかも、である。

トロルどもは雄たけびをあげると、その植物にかぶりつき始めるではないか。

そもそもが貪欲な生き物である。

錯乱状態にあっても、目の前にエサをぶら下げられたら食いついてしまうのは必然ともいえた。

そして、これが残ったトロルたちの最期の愉しみとなった。

ぐぃげぇえええええ……。

彼らは落ちてきた植物を残らず食べ終わると、その場で泡を吹いて絶命する。

これが不死の軍団と呼ばれたトロルたちの哀れすぎる末路だった。

「ひ、ひ、ひぃいいいいいいい！！？？　俺の、俺のトロル軍団がぁあああ‼」

カヤックは腰を抜かし、這う這うの体で逃げ出す。

トロルがどうして死んだのか、何を食べたのか、一切の検証をしないままで。

恐怖は人の心を大いに狂わせるものなのである。


「なぁあにをやっとるのだぁああ!! カヤック、あなたはしばらく謹慎しなさぁあああぃ!」

当然、カヤックは大臣の怒号にさらされるのだった。

「くぅうううう、愚か者どもめぇぇえ!!」

ランナー王国の誇る不死の軍団を失った大臣はぎりぎりと歯がみをする。

本来であれば、トロルの軍勢だけでワイヘ王国など落とすことができたはずなのである。

それをあろうことか、攻め入ることなく全て失ってしまったのだ。

トロル軍団のためにかけた費用も全て失ってしまったということでもある。

「おのれ、ワイヘ王国めぇぇえええ!!」

大臣は目を血走らせて怒り狂う。

せっかく裏から謀略をしかけて楽に攻め落とそうとしているのに、裏目裏目に出ている。

それもこれも、使えない部下どもが悪い!

大臣は自分自身が兵を率いて、隣国に攻め込むことを本気で考え始めるのだった。

「くくくく、大臣様、お久しぶりです。お困りのようですな……」

「お、お前は……!?」

そんな時に現れたのは、フードをかぶった老年の男だった。

この男の名前はジャグラム、かつてこの国の宮廷魔術師だったが、禁忌魔法の研究ばかりしていたため、閑職に追いやられた男である。

レイモンド、カヤックと並び、宮廷魔術師の四天王などと呼ばれたこともある。

彼は単刀直入に話を切り出す。

「ワイヘ王国の件、わしに任せてもらえんかのぉ。久しぶりに実験してみたくなったのでな」

ジャグラムは歯の抜け落ちた口で、ひゃははと笑う。見るからに邪悪な笑みである。

「じ、実験ですか……」

大臣の背中に嫌な汗が流れ始める。

そう、この男は邪悪極まりない魔法実験をすることで有名なのだ。

死者を生き返らせようとしたり、モンスター同士を合成しようとしたり、悪辣《あくらく》なものが多い宮廷魔術師の中でも、倫理から最も遠いところにいる男なのである。

「うひひひ、ワイヘなぞすぐに滅んでしまうじゃろうがのぉ」

男は薄気味の悪い笑みを浮かべて、下品に笑う。

品性のかけらもないが、大臣は男の実力自体は認めていた。

定石通りいかないのなら、奇策に打って出るのもいいのではないか。

この邪悪な男であれば、膠着《こうちゃく》した状況を打開してくれるのではないかと思ったのだ。

「いいでしょう、ジャグラムさん。思いっきり暴れていらっしゃい」

「ははぁっ！　わしにお任せあれ！　しっかり予算は頂きますぞい」

ジャグラムはいひひなどと笑いながら、大臣の部屋を出ていくのだった。

そして、ここにワイへ王国の新たな危機が始まろうとしていた。

悪の魔道具師レイモンドさんの受難

「くそったれ。まったく面白くない」

ランナー王国宮廷魔術師の重鎮の一人、レイモンドは歯噛みをしていた。

彼のライバルであるカヤックに仕事を奪われてしまったからである。

カヤックが仕事を成功させたら、出世競争で大きく後《おく》れをとることになる。

そう思うだけでイライラがつのり、仕事も身につかない。

「こういうときはあそこに行くに限る」

レイモンドは仕事を投げ出すと、とある場所へと向かう。

それは彼がマンドラゴラを育てていた場所だった。

魔法で隠された場所で、すくすくと育ったマンドラゴラ。見晴らしのいい場所に植えたので、遠くに臨む山々を一人で堪能できる。それを思うだけでも心が晴れわたっていくのを感じる。

「うふふ、俺の愛しのマンドラゴラちゃん」

レイモンドはマンドラゴラでとびきり上等の毒を作れると思うと胸がわくわくした。

彼の作る毒は呪いと同様に一流のものであり、これまでに様々な事件で使われてきた。

もっともマンドラゴラの栽培は国によって完全に違法とされていた。管理が難しく、もしも成熟した場合には強モンスターとなってしまうからだ。

しかし、このレイモンドという男にはそんなお説教は効かない。

彼は根っからの性格破綻者なのであった。

彼はワイヘ王国とランナー王国の国境になっている森の奥深くに分け入る。

鼻歌交じりに目的地のある茂みに入っていくと、信じられないものを目にする。

「な、な、なんだとぉおおおおおお!?」

彼が精魂込めて育てていたマンドラゴラが全てなくなっているのだ。

地面が穴だらけになっており、誰かが無造作に引っこ抜いた形跡が見られる。

しかも、である。肝心のマンドラゴラがすべてなくなっていた。

消えていた。バニッシュしていた、蒸発していた。

成熟までにはまだまだ時間がかかるはずなのに、いったいどうして!?

「なぜだぁあぁぁあああああ!? 誰が持っていったぁあああ!?」

マンドラゴラを失ったレイモンドはその場に突っ伏し、涙する。

崖の向こう側の山々に彼の悲痛な叫びがこだまするのであった。

うだつが上がらない中年男性が、心のよりどころである家庭菜園を荒らされて涙する。

同情を禁じ得ない話に聞こえるが、マンドラゴラの栽培は違法である。

アンジェリカたちよるマンドラゴラの収奪が、彼の悪事を未然に防ぐことになったのは言うまでもない。頑張れ、レイモンド！　負けるなよ、レイモンド！

ライカの気づき：魔力の目覚め

「ライカ、ちょっと目をつぶって」

「ひぇ、はい？　えぇえええ」

森の中で、お師匠様は唐突に私の額にその額を合わせてくる。

私はお師匠様のかわいらしい顔立ちや、長いまつげにどきまぎしてしまい、軽く悲鳴をあげてしまう。

「ライカ、自分の内側に流れてくる熱に注目して」

いけない、いけない、これは訓練なのだ。緊張しているわけにはいかない。

気を取り直して呼吸を落ち着けていると、驚くようなことが起こる。

「ひゃ、ひゃい……。ええと、この温かいのですか？」

体の中にぽかぽかと熱がこみ上げてきたのだ。

最初の内はかすかに感じられるぐらいだったのが、次第にその波は拡大していく。

私は知らなかった。私の体の中にこんな感覚があるんだなんて。

温かくて、少しだけ眠くなってしまう。

それはきっと、お師匠様の優しい声のせいだとは思うけれど。

「じゃあ、その温かいものが耳に集まってくるのを感じて……」

「もっとよく聞こえるようになりました！　すごいです、マンドラゴラの呼吸音が聞こえます！」

お師匠様のガイダンスに従うと、マンドラゴラの寝息が聞こえてくる。

いくら私の耳がいいとはいえ、ここまで微かな音が聞こえることはない。

私は居ても立ってもいられなくなって、大きな声をあげてしまう。

すると、お師匠様は笑って、「これが魔力ってもんだよ」って教えてくれた。

「こ、これが魔力……」

私は感動して、胸が熱くなるのを感じる。

今までの人生で魔力を感じたことなんかなかった。いや、魔力が備わっていることさえ知らなかった。だって私は魔力がゼロだって鑑定されたんだもの！

「面白いでしょ？」

「はい！　面白いです！　本当に、本当に、面白いですぅううう」

私の瞳からは涙が零れ落ちる。

魔法を使える人からしたら、私の感動は低レベルだなんて思われるかもしれない。

だけど、お師匠様は一緒に喜んでくれた。
その笑顔はとっても素敵で、私はそれだけで救われた気分になる。
そして、お師匠様の言葉の真意がわかるのだ。
魔法を誰かと比べるんじゃなくて、面白いって思うことが大切なんだってことが。
思えば私はいつだって比べてきた。
魔法学院でずっと誰かと比べられてきたから、それが癖になってしまったんだろう。
そして、植え付けられた劣等感を無意識に振り回してきたのだ。
だけど、その枷は今日、この日で外れてしまった気がする。
「お師匠様ぁああ、ありがとうございますぅううう」
私は不覚にもお師匠様に抱き着いて、泣きだしてしまう。
髪の毛を優しくさすってくれる、お師匠様の手はとっても温かかった。
私は自分の内側に魔力が流れていった今日の日を忘れることはないだろう。
お師匠様のおでこのかわいらしさも。

第3章

賢者様、ライカの覚醒に魔法革命を予感する

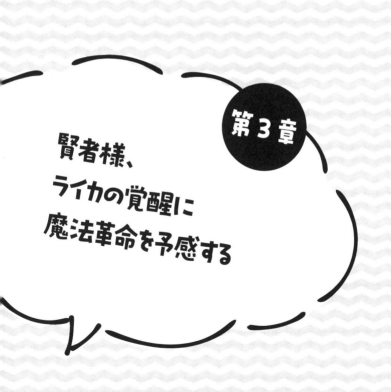

賢者様、ライカがついに魔法の階段を上り始めましたよっ！

「お師匠様、できました！　なんだかポカポカします！」

今日も朝からライカのトレーニングである。

先日から魔力操作ができるようになった彼女はとんでもなくやる気を出しているのだ。

普段でさえ、めちゃくちゃ元気なのに、もう朝の五時からはっふはっふ言い出す。

勘弁してほしいよ。あたしゃ眠いんだよ。良い子は寝てる時間だよ。

「えらいよっ！　その調子！　ふわぁああ」

とはいえ、鉄は熱いうちに打てっていうし、やる気のあるうちに鍛えるのもいいことだ。

私は眠い目をこすって、彼女のトレーニングに付き合うのだった。

ライカは魔力を体の一点に集めることができるようになったと大喜びである。

ただし、魔力を集中させているところが、一風変わっている。

どこに集めてるのかって？

「見てください！　すごいですよっ！」

ライカが魔力を集めているのは尻尾だった。

とんでもないスピードでぶんぶん左右に振れる茶色い毛の束。

風きり音さえしてきそうなスピードで、こちらに心地良い風すら感じさせる始末。

彼女の尻尾をよぉく見ると、確かに魔力が集まっているのがわかる。魔力によって尻尾の筋肉を強化してるんだね。

「すごいよ！　すごいんだけど、すごいのかな？」

「えへへへ！　褒められましたぁああ！　ほら、いつもより三倍速く振ることができます！」

ライカは褒めて伸びるタイプだというので、とりあえず褒める。

いつもの三倍っていうのはわかんない。この子、嬉しいときはぶるんぶるんやっているし。

「ご、ごでがまりょぐ！　お、おででも、づがえるようになっだんだぁああ」

ライカは魔力を尻尾に集めたというだけで感動し、目には涙を浮かべている。

そうだよね、ずーっと魔力ゼロって言われていたんだものね。泣きたくだってなるよね。

口調が不器用なゴーレムみたいになっているのはなぜなのか。

「それじゃあ、ついに出ますよっ！　ほとばしれ、我が魔力よっ！　柴犬族の覇気を知るがいい、渾身のぉお、ウインドブラストぉおおお!!」

ライカは涙をごしごし拭うと、杖をぶるんっと振って魔法を発動させようとする。

しかし、予想通り、お目当てのものは一切現れなかった。

そりゃそうだ、尻尾に魔力を集めただけなのである。魔法を体の内側に使うのと、外側に使うのでは、大きな隔たりがある。次は集めた魔力を形に変える訓練をしなきゃ。

「わぁううう……、どぼぢで、どぼぢでなんでずがぁあああ」

ライカは魔法の失敗にショックを受けて、地面に突っ伏して泣き叫ぶ。

魔法を使う時は、もっと自分の本能に根差した形で魔力をイメージしなきゃいけないんだよね。普通人の教科書通りの魔法じゃ、獣人の魔法は発現してくれないのだ。

「本能だなんて言われても困りますよぉ。私、ペットとか飼ったことないですしぃ……」

私の説明に、ライカはふくれっ面をする。

確かに私だって「お前の本能を目覚めさせてみろ」なんて言われたら困ってしまうかもしれない。

私の場合、おばあちゃんが猫の使い魔をたくさん飼っていたので、猫の習性をイメージするのが簡単だったにすぎないのだ。言わば、完全なるラッキーなのである。

ライカは魔力を感じるところまではできたのだが、ここが次の壁ってものらしい。

すなわち、魔力をどう現実世界に発現させるかっていうこと。

はっきり言って、それこそが魔法であり、それができれば魔法使いなのである。

「お師匠様！　私、頑張ります！　魔法使いになります！」

私の話を聞いたライカはさっきよりももっと尻尾をぶんぶん振るのだった。

すごく、いい風です……。

もうちょっとでウインドブラストが出るんじゃないの、それ？


「あっちゃあ、雨が降ってきた！」

そんなこんなの訓練をしていると、空の様子がおかしくなってきた。

突然、ざざぁっと雨が降り始め、外にいた私たちは家の中に避難することにする。

「うひぃ、濡れちゃったよ～」

想像以上に強い雨で、私もライカもびしょびしょだ。

私は猫人ということもあり、雨にぬれると髪の毛が変になっちゃうので非常に困る。一刻も早く乾かさねば。

「ライカ、タオル使ってね。……ん？　どうしたの？」

タオルをとってライカにも渡そうとする私。

しかし、ライカはタオルを受け取らずに、目を少し大きく開けてぼんやりとしている。

どうしたんだろうか？　まさか柴犬族は雨で膨らむとかじゃないよね？

「あ、ありがとうございます！　えぇと、今、すっごく懐かしいことを思い出したんです」

ライカはぼーっとしていたことを詫びると、その理由を話してくれる。

「昔、私のおばあちゃんがぽんちゃんっていう犬を飼ってたんです。猟犬ですけど」

彼女は幼いころに、犬に接した経験があったというのだ。

彼女のおばあちゃん、すなわち剣聖のおばあさんが連れていたその犬は人懐っこくて、幼い彼女にも優しかったのだという。

「二、三歳のころの記憶ですから、ほとんど覚えてないんですけどね」

ライカはそう言って、少しだけはにかむ。

とりとめのない会話だと言っていいだろうけれど、私はライカの心になんらかの変化が起きつつあることを感じる。

そして、思うのだ。彼女のその記憶は修行のプラスになるかもしれないぞ、なんて。

「ライカ、そのワンちゃんのことをできるだけ詳細に思い出してみて！　役に立つかもだよ！」

「そ、そうですかねぇ？　えへへ、ほとんど覚えてない記憶なんですけどぉ……」

ライカは照れたような表情で笑う。

この子の中には魔法の兆《きざ》しが見え始めている。獣人であっても魔力操作はできるようになったのだ。

事実、尻尾の振りっぷりはすごいもんだ。

後は何かのきっかけさえあれば、魔法が発動する可能性があるはず。

まだまだお子様なライカだから、大人な私が引っ張ってあげなきゃいけないね。

さぁ、冒険者ギルドに行こう。

今日はどんな依頼が待ってるかな？

賢者様、スライム退治の依頼を受けて大興奮します！

「しゅ、しゅらいむだよ！　ライカ、この依頼、しゅらいむたいじだぁあぁっ」

「落ち着いてください、お師匠先輩！　知能が退行してますよ!?　二歳児みたいです！」

冒険者ギルドに到着した私は驚きと焦りと喜びのあまり大声をあげてしまう。

しかし、落ち着いていられるかってぇんだい、スライム退治の依頼だよ！

そんなザコ退治の依頼をする人がいるなんて信じられないよ！

「そりゃあ、いますよ？　常識的に考えて……」

興奮する私とは対照的に、やたらと落ち着き払っているライカである。

いやいや、スライムってめちゃくちゃ弱い生き物だし、指先一つで破裂するでしょ。わざわざ依頼を出すまでもないいんじゃないの？

「いいですか、先輩。雨の多い季節のスライムはどんどん増えて、畑を荒らしたりするとっても悪い魔物なんです！」

「そ、そうなんだ……」

ライカはやたらとスライムの恐ろしさについて力説する。

なるほど、農作業に悪さをするから嫌われているのだろうか？

「今ではスライム退治専門の冒険者もいて、ギルドに着くなり受付嬢に「スライムだ……」なんてかっこよく言う人もいるんですよ！　その名もスライム始末人《スレイヤー》！　私、その人の話を吟遊詩人から聞いて、感動したんです！　スライムだけ倒してAランクなんですよ、その人！」

ライカはなんやかんやとわめきたて、しまいには「きゃあ」などと声をあげる。女子か。

彼女の話を五・七・五で要約するに「スライムを甘く見るなよ、この野郎」ということらしい。

ふぅむ、スライム始末人ね。私たちが魔王と戦っている裏では、スライムと戦って村の平和を守ってくれている人がいたのだ。そんな人には感謝しかないよ、うん。本当だよ。

「それじゃあ、そのにっくきスライムをやっつけてあげようじゃないか！」

「お師匠先輩、私、頑張ります！　私の杖が火を噴きますよっ！　今朝、雨でトレーニングが中断されたので欲求不満なんです」

そんなわけで、私はスライム退治の依頼を受けることにした。

ライカは受付のお姉さんに「スライムだ……！　今のかっこよくなかったですか？」などと言って一人で大盛り上がり。

私は私で、スライム退治というFランクならではの依頼にわくわくするのである。

依頼がすぐに終わったら面白くないから、できるだけ沢山いてほしい。

「スライム退治ね。えっとぉ、この依頼は共同依頼になってるわぁ。他の冒険者も請け負ってるから、適当にやっちゃっていいわよ～」

ギルドの受付嬢のお姉さんは相変わらずニコニコ接客である。

話を聞くに、このスライム退治の依頼は大量発生したスライムを次から次へとやっつけるという内容らしい。二人程度では片付かないので、いくつかのパーティーがこれに参加しているとのこと。

共同依頼なんて、Fランク冒険者には頭が高いかなって思う部分もあるが、せっかくのスライム退治である。これを逃さないわけはない。

そんなわけで私とライカはスライムが大量発生しているという丘に向かうのだった。

「な、な、なんじゃこりゃぁあああ⁉」

鼻歌交じりにスライム退治の丘に向かうと、目の前の光景に度肝を抜かれることになった。

半透明のゼリー型モンスター、スライムがうぞうぞいるのだ。

いや、いるなんてものじゃない、めちゃくちゃな大量発生である。

直径一五〜三〇センチぐらいのスライムで丘一面がスライムで覆われており、生い茂った緑の草を食いつくそうとしていた。

「この草は牛さんが食べるものですよっ！　先輩、この邪悪な魔物をやっつけちゃいましょう！」

ライカはスライムに親でも殺されたってのかってぐらいの勢いである。

確かに牧草を全部食べられちゃったら酪農家の人は困っちゃうよね。早々に駆除しなきゃだめだ。

「おぉっ、お前たちも加勢に来てくれたのか！」

「やばいだろこれ、頑張ってくれよ！」

私が呆気に取られていると、先に依頼に参加していた冒険者数人が挨拶に来てくれた。

Dランクの先輩冒険者らしいが、気のいい人たちだ。

牧草地には彼ら以外にも冒険者の姿が見える。皆が皆、自分のやり方でスライムをやっつけているらしい。

「それじゃ、ライカ、行くよ！」

「はいっ！　頑張ります！」

そんな感じでのスライム退治スタートである。

この時、私は、スライムなんてザコ魔物の駆除はすぐに終わるだろうと思っていた。

しかし、駆除作業に入った瞬間、私は気づいたのだ。スライムの恐ろしさを。

奴ら、ぷよぷよの体に似合わず、かさかさ動くのである。その動きはランダムであり、完全に静止した状態からどぎゅんとダッシュしたりする。

あー、やだやだ、こいつの動き、アレにそっくりじゃん。こいつが黒だったり茶色だったり足が生えてたりしたら、私、帰ってたと思うよ。

うぅう、想像しちゃだめだ。アレに見えてくるし、依頼をやめて帰りたくなってくる。

「えいっ、やぁっ、とぉおりゃあ！」

ビビっている私とは対照的に、ライカは杖でびしばし奴らを駆除している。

凄いよ、この子。マジで尊敬する。

正直、ライカに任せて、高みの見物を決め込みたいけど、彼女の師匠としてカッコ悪いとこを見せるわけにはいかない。

「ええい、待て待てええぇっ！」

というわけで、私もナイフ片手に奴らを追いかけることとした。

「に、にぎゃあああ！？」

つぷっ、つぷっとやっつけていくさなか、事件は起こった。

やつが飛びやがったのである。こっちに向かって！

この時、私の頭の中には嫌な思い出がフラッシュバック。

どうしてあいつらって追い詰めるとこっちに向かってくるの⁉

あぁ、もうやだ、おうちに帰りたい！

つぷつぷつぷっ……。

「はぇ……？」

驚きすぎて尻もちをつくと、そこにもやはりスライムがいた。

お尻の下でゼリーが潰れる感覚が生々しく、ついでお尻にヒヤッとした感覚もある。

ちっきしょう、やっちまったよ、せっかくの布の服が汚れちゃったじゃんよ。

せっかくセールで買ったのにぃ！

「先輩、さすがですよっ！　確かに体でつぶしたほうが楽ですねっ！　私もやっちゃいますよ！」

ライカは「えいえい、このこの」などと言いながら、足でやつらを潰し始める。

やたらと満面の笑みであり、ちょっとサイコパスな空気すら醸し出す始末。

私はお尻に情けない湿り気を感じたまま、ライカの狂気的な活躍を眺めているのであった。

目の前にはうんざりするほどの大量のスライム。

他の冒険者がいる手前、大規模な魔法も使えない。

私は目標に狙いを定めて、無感情にナイフを振り下ろすだけである。

こうなったら自分が同じ動きを繰り返す魔導機械になったと思うしかない。

「目標を発見して、ナイフ……目標を発見して、ナイフ……目標を発見して、ナイフ……」

つぷつぷと単純作業をやっていくと、心が凍っていくような感覚になる。

そりゃあ、アレそっくりな動きをする奴を潰す仕事なんて心が死ぬに決まってるけど。

「せ、先輩！　目が死んだ魚みたいになってますよっ⁉」

ライカの心配そうな声で、私ははっと我に返るのだった。

危ない危ない、ダークサイドに堕ちてしまうところだった。


「あれ？」

そんなおり、私の視界にとんでもない現象が飛び込んでくる。

分裂したのである。

スライムが。

うわ、最悪だよ、アレそっくりの動きをするやつが分裂するだなんて。

「スライムは勝手に増えるってこういうことなんですねぇ、えいやっ！　でもでも、すぐにやっつけられるし、時間があれば大丈夫ですよっ！　とぉりゃ！」

ライカは杖を振り回しながら、相も変わらず笑顔のままだ。

しかし、である、そんな悠長なことを言ってられない。

ここにいるスライムの分裂スピードはめちゃくちゃ早いのだ。一番、分裂スピードが早い奴は十分ぐらいで一つが二つに分裂してるんじゃないだろうか。

「この量のスライムが次から次へと分裂しちゃったらどうなると思うかね？」

「……丘が占領されるどころの騒ぎじゃなくなるんじゃないですか？　ひぇえええ」

ライカもこの事実のヤバさに気づいて、顔を青ざめさせる。

そう、あとひと月もすれば国全体がスライムで覆われる可能性だって出てくる。

国家の存亡の危機ってやつなんじゃないの、これ。

いや、それどころか大陸中がスライムに埋め尽くされる可能性だってあるでしょ。

ひぃいい、人類滅亡の危機!?

「お師匠様、見てくださいよっ！　頑張ったのに、ほとんど減ってないですよ！」

驚愕の事実はまだまだ続く。我々があんだけ頑張ったのに、全然減ってないのである。

ふぅむ、スライム始末人さんってこんなにヤバい生き物を狩っていたんだなぁ。

だって、アレの動きをする奴が分裂までしちゃうんだよ。

マジで尊敬するよ、心のどこかで舐めてました、ごめんなさい。

賢者様、身バレを恐れて大規模破壊魔法は諦めるも、得意のしっぽ攻撃でスライムを撃退開始

「やべぇぞ、こんなにスライムが多いなんて聞いてない」

「めちゃくちゃ分裂するじゃん、こいつら……」

私たちと一緒に依頼に当たっていた冒険者たちも、皆、ひぃひぃ言い始めていた。

そりゃそうだ、半日剣を振っても数が減らないのだ。むしろ、増えているぐらいだし。

範囲魔法で殲滅しようとする魔法使いの人もいるけど、そんなに何度も連発できるものじゃない。

魔力切れを起こして、木陰で休んでいるありさま。

「ふぅむ、かくなる上は……」

冷静になって考えると国家どころか人類が滅亡しかねないわけで、背筋がぞくぞくする状況である。

もう面倒くさいし、こっそりと魔法で一掃しちゃうことにした。

最近、大規模破壊魔法を使ってないし、久しぶりにぶっ放せるのは、この上ない喜び。

いくら量が多いと言っても、私の禁忌魔法【シュレディンガーさんちの猫】なら一発なのだ。

亜空間にスライムどもを吸い込んで、二度と出てこなくすればいいはず。

コントロールが難しいから代償としてここらの丘全体、いや、向こうに広がる森ぐらいまでは消えるとは思うけど。

「ふひひ、こやつらなど我の手を汚すまでもないのだ……」

「せ、先輩、顔が邪悪ですよ？　良からぬことを考えてるわけじゃないですよね？　牧草地を破壊したら、依頼人のおじさんたち怒っちゃいますよ？」

妄想にふけっていると、ライカが不安げな顔で覗き込んでくる。

師匠の顔を邪悪だなんて、失礼な弟子だな、君は。

とはいえ、踏みとどまる私である。大規模破壊魔法を使うと色々と支障が出るのも確かかぁ。

おそらく牧場のおじさんからは損害賠償を請求されるだろうし、それを放った私は魔法について根掘り葉掘り聞かれることになり、身バレすることになる。それだけは避けたい。

しょうがない、【シュレディンガーさんちの猫】は最後の手段に取っておこう。

ここは身元を隠したうえで物理的にやっつけるしかない。


「ライカ、徹底的にやるよっ！」

そんなわけで私はいつもの身体強化魔法を唱える。

さらには広範囲の連続攻撃を可能にする、【死の尻尾鞭《デスもふテイル》】を発動。

流麗さと機敏さで知られる猫人の尻尾を、にょにょにょにょっと長くするのだ。

しかも、この尻尾、ただのふわふわの尻尾ではない。鞭のような強靭さを持ち、触れた者を快楽でしびれさせ、一撃必殺の打撃を与えるのだ。

「魔法ってこういう使い方もあるんですね！　私もそういうの使ってみたいです！」

ライカは尻尾を強化させる魔法に大きな声をあげる。

尻尾のある獣人なら、誰もが憧れる魔法だよね。尻尾って日常生活の中で結構邪魔だから、どうにか活用法はないかと思ってしまうし。私もこの魔法、かなり気に入ってるのである。

気分次第でぱたぱた勝手に動いて、そこら辺のものを破壊しちゃうのが玉にキズだけど。

「よぉし、私もやりますよぉおっ！」

ライカはそういうと、いつものローブを脱いで軽装になる。

彼女がひょいっとローブを地面に投げると、信じられないことが起こった。

ずどぉんっ!!

ライカのローブは岩が落ちたみたいな音を立てて地面にめり込んだのだ。

はぁあああ!?

「ふぅっ、気分爽快ですっ！」

嘘でしょ、これって実力を隠すために敢えて重い衣服を着てたっていうやつだよね？

真の実力者がやりがちな、めちゃくちゃかっこいいやつじゃん！

うわぁ、いいなぁ、私、S級冒険者だったときにそれをやっておけばよかった。

「ちょっと待って！？　流れをぶった切って悪いけど、そのローブなんなの？　すごくない？」

こりゃあもう聞いておかなきゃ失礼に当たるってものである。

だって地面にめり込むローブだよ？

音が「ずどぉん」だよ？

「おばあ様からもらったローブなので、ちょっと重いんです。きっと高級な生地を使っているんですね」

褒められたと思ったのか、無邪気に「えへへ」などと笑うライカ。

物事をやたらとポジティブに解釈しすぎだよ、あんた。

そもそも、これまで地面にめり込む服を着て平然としてたわけ？

あの剣聖のばあさん、孫をどんな魔法使いにしようって思っていたんだろう。

「そんなことより、先輩やっちゃいましょう！」

「うぐ……、わかったよ」

彼女のローブはぜんぜん「そんなことより」ではない。

ツッコミを入れたかった私であるが、分裂スライムを放置しておくわけにはいかない。

私たちはスライムをぎろりとにらみつけるのだった。

【賢者様の猫魔法】
死の尻尾鞭《デスもふテイル》：猫の尻尾に触れたものは幸せのあまり絶頂に至り、身動きが取れなくなる。しかも、触り続けていると、猫の爪が飛んでくることもしばしば。この魔法では鞭のようにしなる尻尾はかなりの長さまで伸び、当たったものに快感を伴う痺れとダメージを与える。

賢者様、スライムが合体しやがったので大喜び。大人げなく本気出す

「ライカ、こっちにまだいるよっ！」

「はいですよぉおおおおお！」

私たちは猛烈な勢いでスライムを潰していた。

私の尻尾は敵を自動的に探知《サーチ》&攻撃《デストロイ》する。

すなわち、どんなに物陰に逃げたって見逃すことはないのだ。

「おぉっ、なんだかよくわかんねぇけど、スライムが減ってきたぞっ！」

「あたしたちの頑張りが報われたのねっ!?」

冒険者たちには私たちの姿は見えない。

あまりにも早いスピードで移動しているからだ。

彼らはスライム狩りに来る冒険者だし、あんまりレベルが高くないっていうのもあるだろうけど。

よぉし、このまま一気に潰しちゃうぞ。

雲行きも怪しくなってきたし、雨に濡れたくはないからね。


「うっそぉぉおお……」

そんなことを思っていた矢先、空がゴロゴロゴロゴロと音を立て始める。

スライムの数を三分の一ほどに減らしたタイミングだった。

空に暗雲が立ち込め、数分もしないうちに、ざざぁあーっとものすごい雨が降る。

そういえば朝から雨が降ったりしていたんだった。

うひぃ、やだなぁ。

「ええい、一旦中断だよっ！」

もう少しのところで終わるっていうタイミングで、なんて間が悪ぃ。

私とライカはとりあえず大きな木の下で雨宿りをすることにした。

ええい、なんてこったい。この雨のお陰でスライムが増えたりしないだろうね。

「こまっちゃうねぇ」

「本当ですよぉ～、雨は嫌いです」

猛烈な雨の前では、私の布の服などほとんどなんの役にも立たない。

私はとりあえず水分をばばっと払う。

ライカはというと、体をぶるぶるっと揺すって雨粒を落とそうとしていた。

「あはは、それってなんだかワンコみたいだね」

「えっ、そうですか……、これって……？」

「ほら、犬って雨に濡れたときにぶるぶるってやるじゃん？　猫もやらなくはないけど」

「……ぶるぶるする、……雨で濡れたとき」

何気ない会話のはずなのだが、ライカはちょっとぽかーんとした表情。

雨に濡れてぶるぶるってやるのを面白いって思っただけなんだけど、そこまで考え込む？


「た、大変だぁっ！」

しばらく待っていると、雨脚が弱まり、再び動けるようになった。

そのタイミングで冒険者が何人か走ってくる。

彼らは青い顔をして、こう言うのだった。

「逃げろ、スライムが合体したぞぉおおっ！　めちゃくちゃでっかくなってる！」

「あんなの勝てっこないわ！　私たちは一旦、避難するわよっ！」

彼らが走ってきた方向を見てみると、丘の上に大きな、大きなゼリーの玉が鎮座していた。

すなわち、スライムが合体した、ギガスライムとか言われるやつである。
分裂したり、合体したり、忙しいやつだ。
勇者パーティーにいたときに西の国の都市を襲いに来たので、交戦したことがある。
「あわわわ、なんですかあれ、大きいですよっ！　ひええ、やっつけられますかね？」
ライカは驚きの声を上げるけど、逆だよ逆。
的が大きくなってやりやすくなったと考えるべきなのだ。
ちょこまかと逃げられるよりはよっぽどいいじゃん。
よぉし、雨もほとんど止んできたことだし、ぶちかましちゃおう！
足元が悪いのはちょっと嫌だけど。
「ライカ、行くよっ！　あいつをやっつけて、こんな依頼、終わらせちゃおう！」
「私、雨は嫌いですけど、どろんこの中、走り回るの大好きですっ！」
私たちは大きなスライムに向かって走り出す。
雑魚だと侮っていたら、想像以上に強敵だったスライムとの戦いもこれで終わりだ。
ライカはばっしゃばっしゃと泥を飛ばして、めちゃくちゃなスピードで走る。
服がどろどろになるじゃんっと叫びたくなるが、依頼達成のためだ、しょうがない。
それにしても、ライカの動きはさっきより俊敏になっている。
この雨が本能を呼び覚ましたとでも言うのだろうか。
もちろん、私だって負けてられないよっ！

「風の猫《かみ》よ、雷の猫《かみ》よ、いまこそ、我にその威容を見せよっ！」

小さな城ほどもあるスライムを前にして、私は強力な魔法を発動した。

その名も、暴風雷魔法、【風猫《ふうじん》☆雷猫《らいじん》】。

簡単に言えば、風の猫神様と雷の猫神様を呼び出し、猛烈な暴風と猛烈な雷を叩き込むという荒業魔法である。私を手こずらせてくれたのだ、悪いけど手加減なんかしてあげない。

「ネコの国は近づいたにゃ！」

大きな袋を背負った風猫が現れると、彼は大量の風を袋から吐き出す！

ぶぉおおお、ずどぉおお、びゅぉおおおお！

ものすごい風に煽られ、ギガスライムは浮き上がり始める。

さらにはぐるんぐるんと勢いよく回り始めた。

「ネコと和解するにゃ！」

さらには太鼓を背負った雷猫が現れ、どんどこ太鼓を叩く。

どがどがどごごご、がら、がらがっしゃあぁあああん！

小さな暗雲が立ち込め、暴風の中に無数の雷を発生させ、敵に直撃させる。

えへへ、どんなもんだい。

元々相手はひ弱なスライムである。私の必殺魔法にかかればひとたまりもないだろう。

それにしても、猫神様たちのお言葉はいつ聞いても心に響く。胸の奥がじぃんとしてくるよ。

「ひぃいい、お師匠先輩、感心してる場合じゃないですよ！　牧場は荒れ放題ですし、これって、やりすぎじゃないですか？」

放った魔法があまりにも強力すぎたためか、ライカは青い顔になっていた。

誰からも見られてないからいいかなと思ったけど、ちょっと調子に乗りすぎたかもしれない。

巨大なスライムが宙に浮いて、雷に打たれてるんだものね。

「大丈夫だよ、怖くないよ？　巻き込まれなければ死なないから」

「……巻き込まれたら死ぬんですね？」

「はい、まぁ、えーと、……そうです」

「ひぃいいい、死ぬときは一緒ですよ？」

涙目になって私にしがみつくライカ。

巻き込まれなければ死なないって言ってるだろうに。

しかし、やはりスライム相手にはやりすぎだったかもしれない。

遠くから見れば自然現象に見えるのが救いだろうか、たぶん。

「……あれ？」

スライムは雷をがつんがつん喰らって、そのままどんどん小さくなっていく。

このまま消え去るかと思いきや、ここで不可解なことが起こる。

なんと、一部のスライムが嵐の中からすぽぉんと飛び出してきたのだ。気流の穴みたいなところから偶然抜け出せたのだろうが、ラッキーなやつである。

「お師匠様、とどめは私が刺します！」

ライカは抜け出してきたスライムのところに猛ダッシュ！

ひょっとすると目の前の竜巻雷雲から逃げ出したかっただけかもしれないけど。

そして、ライカの「とどめ」に私は目を見開くことになるのだった。

【賢者様の猫魔法】
風猫《ふうじん》☆雷猫《らいじん》：風の神、雷の神の姿をした猫神を召喚し、思う存分、暴れまわってもらう大規模破壊魔法。暴風で敵の動きを封じ、雷でズタボロにするなど、情け容赦ない攻撃力を誇る。四八の殺人魔法の一つ。ちなみに猫神たちの言葉は毎回、とても尊く、人気が高い。後の世ではこれをまとめたものが街角にも出現し、人気を博しているほどである。

魔法革命：ライカちゃん、ついに魔法を発動させる

「これで終わりですぅううう!!」

ひゅぽおんっと暴風から抜け出してきたスライムの一群にライカが走る！

彼女の強靭な足腰ならば、スライムなんぞ瞬殺だろう。

魔法を唱えようとしなければ、だけどね。

しかし、ここで事件が起こる。

「あうっ!?」

ライカは足元を滑らせてバランスを崩したのだ。

ぬかるんだ地面を走っているから当然ありうることではあった。

わわ、これで転んだら泥だらけになっちゃうよ⁉

「どおぉりゃあああっ‼」

ところが、ところが！

ライカはなんとか態勢を持ち直し、ぐるるんっと回転しながらジャンプするではないか。

なんて体幹が強いんだろうと感心する私。

そして、ライカの回転ジャンプたるや、凄まじい！

彼女の姿はまるでドリルのように変化する。

しかも、その回転を維持したままスライムにつっこむ！

しゅばばばばばば！

「でりゃあああ！」

彼女のかけ声とともにスライムたちはどんどん数を減らす。

めちゃくちゃな身体能力だけど、それだけじゃない。ライカの発生させた回転から魔力が吹き出している のだ。

その証拠に彼女の背後に、柴犬の精霊らしきものが現れていた。

それはぶるぶるぶるっと首をドリルのように回転させている。

その勇姿、まさしく犬魔法の証だよっ！

そう、彼女は今、魔力をドリルの形に変化させる魔法を発動させているのだった。

だいぶ粗削りだけど、魔法って言っていいはず。

これが世界で初めての犬魔法だよ！


「ライカ、すごいじゃん！　今のが魔法だよっ！」

回転を終えて、地面にへたり込むライカに走り寄る。

生まれて初めて魔法を発現させたのだ、気絶したっておかしくないはず。

「あ、ありがとうございます！　おばあちゃんの飼ってた、ぽんちゃんの動きを真似したんです。名付けて、犬魔法【柴ドリル】ですぅ……」

ライカはぜぇぜぇ言いながらへたり込むも、まだ気力は十分という風情だ。

なるほど、昔、飼っていた犬との思い出を元に作ったんだね。

それだよ、それ！

そういうのを待ってたんだよ！

「すごいよ、ライカ！　君を誇りに思うよっ！」

「お師匠様ぁあああ！」

感動で抱き合う私たち。

ここにおそらく世界で二番目の、獣人の魔法使いが現れたのだ。

しかも、ライカは純血の獣人。これは歴史を揺るがすほどのすっごいことである。

「お嬢ちゃんたち怪我はないか？」

「ラッキーだったなぁ、雷が落ちてギガスライムが自滅するなんてよぉ」

私たちが涙ながらに抱き合っていると、他の冒険者も私たちをねぎらってくれた。

彼らは私の猫魔法を自然現象だと解釈してくれたらしい、バレなくて良かった。

「犬人のお嬢ちゃんの回転ジャンプ、すごかったぜぇ？」

「あはは、犬が水滴弾くのと同じ要領で敵を倒すなんてなぁ！」

一方でライカの活躍はしっかりと目撃されていたらしい。

あのドリルはれっきとした魔法なのだが、彼らからすると犬がぶんぶん体を振るうのと同じに見えたようだ。

いや、正直、私にもそう見えたけど、魔力が出ていたんだよ。

柴犬の精霊の姿が見えなかったのかな？

「違いますよっ！　あれは私の犬魔法、【柴ドリル】なんですっ！」

ライカは冒険者に抗議するも、「はいはい」などと軽くあしらわれる。

くぅっ、確かにあれを魔法だって説明するのはちょっと難しいかもしれない。

見た目は犬のやつにそっくりなんだもの。

「ん？」

今後への課題を感じていると、私は背後に異変を感じる。

振り返れば、嫌な気配を発する奴が通り過ぎていったのだ。

「あっ、先輩、赤いスライムが逃げていきましたよっ!?」

「でぇええ、うっそぉお！　まだいたの!?」

奴がまだ生きてやがったのだ。

ライカの言う通り、逃げていったのは赤い色のスライムで結構目立つ。変種というやつだろうか。

最後の一匹とは言え、分裂されたら厄介だ。

私たちは急いでスライムを追いかける。

あんにゃろう、こうなったら丘ごと焼き払っちゃうぞ。

しかし、私が牧場を火の海に変えることはなかった。

そのスライムの結末はあっけなく訪れたのだ。

「きゃっ!?」

木陰から現れた女の子が赤いスライムを尻もちで潰したのである。

私もライカも、他の冒険者もこれにには大歓声！

偉い、よくやった、すごい！　ナイス尻もち！


【ライカの犬魔法】

柴ドリル（初級）：ライカの祖母が飼っている柴犬の動きを参考にして開発された犬魔法。体を高速で回転させ、破壊力のあるドリルを出現させる。ぶるんぶるんっと揺れるさまを眺めていると、非常に和むが、近づくと弾き飛ばされる。発動時には背景に柴犬様の精霊が現れる。

ソロ・ソロリーヌの頑張り：魔法革命の裏で起こっていたこと

「うぅうう、ぜんぜん、減らないよぉ……」

リス獣人冒険者、ソロ・ソロリーヌは半べそをかいていた。

それもそのはず、スライムの数がぜんぜん減らないのである。

数時間、棍棒を振るうも、目の前には、うじゃうじゃと湧き出るように現れるのだ。

「共同依頼でお友達もできるかもなんて思っていた私が馬鹿だったのかなぁ」

ソロは深く溜息をつく。

冒険者ギルドで紹介される共同依頼には二つの側面がある。

一つは冒険者同士が協力することで、効率よく仕事を終えられること。もう一つは冒険者同士の交流を深め、連携を強めることだ。

ソロは冒険者を始めて以来、ずっと一人で活動していたが、そろそろ仲間がほしいと思っていた。

彼女は名前がソロというだけで、別段、ソロファイター志望ではない。

ただちょっとだけ、他人に話しかけるのが苦手だっただけである。

しかし、こんなにスライムが多いのでは、交流を深めるどころではない。

しまいには雨まで降ってきて、冒険者たちは皆、避難してしまった。

（私ってどうしてこうなんだろう。私は自分が嫌いだ……）

雨宿りをしながら曇り空を眺め、ソロは自己嫌悪に陥る。勇気を出して他の冒険者に話しかけることのできない自分を罵りたい気分になる。

(こんなのだから私には友達も仲間もできないんだ……)

ソロの内なる声はさらなるダークモードに突入。

その裏ではアンジェリカが巨大なスライムを破壊し、ライカがとどめを刺していたのだが、彼女の知る由もないことだった。

「そっちに逃げたよっ！」

ソロはアンジェリカの声で我に返る。

そうだ、まだ戦いは終わっていないのだった。自己嫌悪におぼれているわけにはいかないのだ。

「あわわっ!?」

ソロは木陰から一歩を踏み出そうとするも、木の根っこに足を引っ掛けて盛大に尻もちをつく。

しかし、不思議なことにお尻は痛くない。

まるで着地点にクッションが用意されていたかのような感覚があるではないか。

「あれ？」

尻もちをついたところには赤いスライムが潰れているのだった。

偶然とは言え、最後の一匹のスライムを彼女が倒したのだ。お手柄なのは間違いない。

「おめでとう！」

「おめでとうございますっ！」

「おめでとうだぜっ！」

「おめでとう！」

アンジェリカやライカなどの冒険者が集まってきて、笑顔で拍手をしてくれる。

皆が皆、これで仕事が終わるのだとスッキリした顔をしていた。

「ありがとう！」

満面の笑みのソロ。

彼女は少しだけ自分のことを好きになれる気がしたのだった。

マッド魔術師のジャグラムさん、アンジェリカのせいでひどい目に遭う

「ぐははははは！　うまくいったぞ！」

ジャグラムはそのシワだらけの顔に、にんまりと笑みを浮かべていた。

この男、禁忌に触れる魔法実験ばかりを繰り返し、宮廷魔術師の閑職に追いやられた要注意人物。

しかし、大臣の計画がことごとく失敗しているとの噂を聞きつけ、古巣に戻ってきたのだ。

彼は大臣に多額の予算を請求すると、これまで温めていたとびきりの計画を実現することにした。

その名も、倍々スライム計画。

一定時間を過ぎると、倍に増えつづけるスライムを開発するという計画である。

スライムは典型的な雑魚モンスターである。力も弱く、防御力もないに等しい。

しかし、それでも増え過ぎれば危機を引き起こす。彼の計算では一日もすれば、丘一つが埋め尽くされ、一週間もすれば国全体がスライムで覆われることになる。農地のことごとくを破壊し、ワイへ王国に未曽有《みぞう》の危機をもたらすだろう。

つまり、ジャグラムの考案したこの作戦は完璧なまでに破壊的なのである。

ワイへの冒険者たちや兵士たちを粉砕するのではない。

ワイへという国自体を崩壊させるのだ。

もっとも、国を壊滅させた後は分裂の核となる、コアスライムの働きを停止させれば万事解決である。大臣は無傷でワイへ王国を手に入れられる目算だった。

「ふははははは！　これで私も再び、四天王だ！」

この作戦の成功をもって、宮廷魔術師に返り咲ける。

ジャグラムはそう喜ぶのだった。

「よし、これをさっそく放ってこよう」

ジャグラムはそのスライムを魔法袋に入れて、ワイへ王国のとある丘を目指す。

そこは牛を放牧しているような、牧歌的な風景が広がる丘陵地帯。

人々の心が和むような場所をスライムがめちゃくちゃにする。

そう思うと、ジャグラムの胸はワクワクと高鳴る。この男も、れっきとした性格破綻者なのだ。

まったくもって大臣は素晴らしい人材ばかりを集めていると言える。

「ぐははは！　スライムの海のようだっ！」

スライムを放った次の日、ジャグラムは大笑いをしていた。

彼の狙い通り、スライムが増殖し、丘を埋め尽くしているからだ。

騒ぎを聞きつけた冒険者たちが駆除を行っているようだが、スライム退治など三流冒険者のやることである。増えすぎたスライムの前では手も足も出ず、疲弊して休憩を取る始末。

彼は隠ぺい魔法を使いながら姿を隠し、冒険者たちの体たらくに邪悪な笑みを浮かべるのだった。

「な、なんだこれは⁉」

異変に気づいたのはその日の午後のことだ。

スライムが思ったよりも増えていないのである。

いや、場所によってはスライムの数が減ってさえいる。

いくら冒険者が範囲魔法を使ったからと言って、こんなことができるとは思えない。

もしかしたら、実験が上手くいかず、増殖のスピードが低下したのかもしれない。

あるいは、凄腕の冒険者が現れて、スライムを攻撃しているのかもしれない。

ジャグラムは耳ざとい男であり、スライム始末人《スレイヤー》の噂も聞き及んでいた。スライムとあらば地の果てからでもやってきて、手当たり次第に踏み潰す輩である。普段は兜をかぶっていて、素顔を見ることのできない謎の人物だと言われていた。

もしかしたら、三流冒険者に紛れて、そんな凄腕がやってきているのかもしれない。

「くそぉっ、かくなる上は奥の手を使ってくれるわ!!」

ジャグラムは目を見開き、とっておきの術式を発動させる。

それはスライムをすべて合体させる、魔物の融合魔法。

その目的は巨大なスライム、通称ギガスライムを作り出すことだった。

ギガスライム。その見た目はスライムそのものだが、強力なモンスターとして知られていた。非常に貪欲なモンスターであり、草木のみならず、家畜や人間、あるいは街さえも飲み込む。

十数年に一度は自然発生し、甚大な災害をもたらす天災のようなスライムだ。数年前に大陸の西に現れたギガスライムは一国の首都をほとんど壊滅寸前にまで追い込んだという。

もっとも、そのときは勇者や賢者を名乗る冒険者たちの活躍で事なきを得たのだが。

「くかかかっ！　ギガスライムでワイへの王都をそのまま滅ぼしてくれよう！」

ジャグラムは得意のモンスター合成魔法を通じてスライムを合体させ、ギガスライムを作り出す。

さらに、その真ん中にコアスライムを配置し、ギガスライムを操れるようにするのだった。

「ふはははは！　いい眺めじゃぞ！　わしを止められるものなどおらんっ！」

彼は特殊な術式を通じてコアスライムと視覚を共有し、冒険者たちが逃げまどうのを嘲笑う。

おあつらえ向きに雨まで降ってきて、スライムが活動するには最適な環境が整った。

計画では一週間で王都を落とす予定だったのだが、このまま攻め込んでしまおう。

ジャグラムは自分がまるで魔王にでもなったような気分になっていた。

しかし、ここで予想外のことが起こる。

「な、な、なんだぁあああああ!?」

城ほどの大きさのあるギガスライムが浮いているのである。

何かと思えば、猛烈な風が吹いてきているのだ！

暴風に巻き込まれたギガスライムはぐるんぐるんと回り始める。

「うわぁあああ、目が回るぅうううう!?」

ジャグラムはコアスライムと視界を共有しているため、手ひどい目に遭うことになる。

しかも、彼の災難はこれでは終わらない。

暴風の中、黒い雲が現れて、雷を発生させるではないか！

どぉん、どぉんっと雷はギガスライムの体に直撃し、その衝撃はどういうわけかジャグラムの体にまで伝わってくる。コアスライムとの同調が想像以上に上手くいきすぎたのだ。

「猫の国は近づいただと？　なんだこの声は!?　私の頭がおかしくなったのか!?」

その暴風と雷撃のショックは、ジャグラムの精神を崩壊寸前まで追い込む。

もっとも彼の聞いた声は幻聴でもなんでもなく、リアルにアンジェリカの呼び出した猫神のものだったのだが気づくことはない。

彼は高速で回転する視界の中で、無限に続くのではないかという苦痛を味わうのだった。

しかし、ここでラッキーなことが起こる。

暴風の中に穴が生じたのか、ジャグラムのスライムはなんとか抜け出すことができたのだった。

「く、く、くそぉおおおおお！」

突然の過激な悪天候のせいでせっかく増殖させたスライムが全て消えてしまった。

自分の不運を呪うばかりだが、計画は終わってはいない。

彼はコアスライムだけは生かして帰そうと、必死に抜け道を探す。

「そうだ、こいつさえ生きていれば、わしのスライムは何度でも蘇るのじゃぁぁあああ！」

土壇場であったが、ジャグラムはまだ希望を捨ててはいなかった。

マッド魔術師と言われようとも、これまでに築き上げてきた自分の魔術への自信がそうさせる。大臣からもぎ取ったせっかくのチャンスを逃すわけにはいかない。

「わしはまだまだこれからじゃぁああ！」

途中からコアスライムに気づいた冒険者たちが追いかけてきたが、ジャグラムはスライムを巧妙に操る。遠隔操作しているとはいえ、その動きはまさに一心同体！　ジャグラムはカサカサとスライムを絶妙な動きで操るのだった。

「よし、これで逃げ切れるのじゃ……あれ？」

ぷちっ！

このまま逃げ切れるとジャグラムがほくそ笑んだ、そんなときだった。

彼がスライムと共有している視界は一気に崩れた。

目の前が真っ暗になり、ジャグラムは呆然と立ち尽くす。

「はぁあああああ⁉　嘘じゃろぉおおおお⁉」

すなわち、それは彼の操るコアスライムが誰かにやられたことを意味するのだった。

戦いの現場となった牧場からほど遠くない粗末な小屋の中、彼は絶望のあまり叫び声をあげた。


「くははははは！　ジャグラム、やはり失敗したようだな！」

「あれだけの大口を叩いておって情けない奴！」

彼がとぼとぼと住処に帰ろうとしていると、聞き慣れた声がする。

「お、おぬしらはっ⁉」

ジャグラムが振り返ると、そこにいたのはランナー王国宮廷魔術師のレイモンドとカヤックだった。

二人はジャグラムを嘲笑うがごとく、にやついた笑みを浮かべている。

「ふん、嘲笑うがいい！　わしの貴重なスライムが、計画が、潰されてしまったのだ……」

ジャグラムは計画が失敗した直後ということもあり、二人に反論する気力さえも失っていた。

これまでに多大な時間と金と労力を今回の研究に費やしており、待っているのは大臣からの叱責のみである。うなだれるのも無理はなかった。

彼は二人からの嘲りを敢えて受けようとするのだった。

「そう言うな、ジャグラム！」

「実は、お前にいい話を持ってきたのだ！」

「い、いい話だと？」

しかし、レイモンドとカヤックは彼を笑いに来たのではなかった。ワイヘ王国を転覆し、大臣の信頼を取り戻す、とっておきの方法があると彼らは言うのだ。

「そうだ、実はな……」

彼らはジャグラムの机に何らかの図を広げ、邪悪極まる計画を話し始める。

その計画は魔道具師のレイモンド、魔獣使いのカヤック、禁忌魔法研究者のジャグラムの三人が揃《そろ》わなければ決して達成できないものだった。

「その話、わしも乗らせてもらうぞぉおおっ！」

話を聞いたジャグラムは、年甲斐もなく胸が熱くなるのを感じる。

これまで仲違いをしていたがゆえに、自分たちは真の力を発揮できなかったのだと気づいたのだ。

力を合わせれば、最強の力を発揮できるはず。自分の栄光は始まってすらいないのだ。

「三人そろった俺たちは最強だっ！　よぉし、飲もうや、前祝いだ！」

カヤックはそう言うと、どぉんっと酒をテーブルの上に並べる。

彼ら三人は大臣のいる城には敢えて戻らず、街で前夜祭を行う。

全ては完璧に邪悪な計画の遂行のために。

一方、その頃、大臣は？

「ははっ、全ては皇帝陛下のご意志のままに！　必ずや良い報告ができると思います」

ランナー王国の宮廷魔術師トップにして、大臣のジャークは魔道具を使って、とある人物と話していた。その相手とは大陸の中央を治めるイルワ帝国の人物である。

そう、彼はランナー王国の重臣でありながら、他国の有力者とつながっているのだった。

「ぐひひひ、これで私も帝国で要職につくことができますね」

報告を終えた大臣はほくそ笑んでいた。

彼の部下である、ジャグラムがあと数日もすれば隣国のワイヘ王国を崩壊させてしまうからだ。

国土はスライムで荒廃するとは思うが、長期的に見れば問題はない。

第一、ワイヘ王国の誇るダンジョンを奪い取れば、巨万の富を得ることもできる。

「さぁて、寝る前に日課でもやりましょうか」

彼がベッドをずいとどかすと、その下に秘密の部屋への階段が現れる。

大臣は人の気配が周囲にないことを確認し、その隠し部屋に降りていくのだった。

「ぐははは！　やはり信じられるのは金銀財宝だけですよっ！」

彼の目の前に現れたのは金銀財宝の山だった。

この大臣、色々なところから賄賂を受け取ったり、あるいは国庫から着服したりして、私腹を肥やしていたのである。

「しかし、しかし、これではまだ足りませんよっ！」

大臣は貪欲な男だった。

一生遊んで暮らせる金を手に入れてなお、彼はまだ渇望していたのだ。

さらなる金を手に入れ、権力の中枢に上り詰めることを！

第4章

賢者様、大臣の手下をいつの間にかやっつけて、さらには大臣を崩壊させます

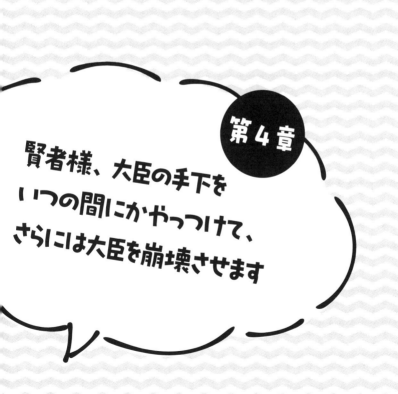

賢者様、ついにあの野望を発露させる

「柴犬族の英霊たちよ、我に魂の回転をもたらし邪悪なるものを打ち倒せ！　柴ドリルぅううう！」

今日も今日とてライカの訓練である。

先日、ライカはついに魔法の能力を開花させた。

彼女オリジナルの犬魔法を開発し、敵のモンスターをやっつけたのである。

これで彼女もいっぱしの魔法使いだと思っていたのだが、さにあらずだった。

なんと、あれから練習するも一切、魔法が発動しないのだ。

獣人の魔法を理論化したい私としては、彼女に頑張ってもらいたいのだが、うんともすんとも言わない。てんでだめである。

ここ数日間は彼女が「しばどりるぅううう！」と叫びながら回転ジャンプするだけという、素っ頓狂な場面を見守るだけだった。

「ひぃひぃ、出てきませぇん……」

肩で息をしながらへたり込むライカ。

彼女の底なしの体力でも、さすがに絶叫し続けるのはこたえたようだ。

私はとりあえずお水を持ってきてあげる。

「どうして出てこないんですかねぇ。私、体調は万全なんですけど」

「ふぅむ、もしかしたら、発動条件があるのかなぁ」

動いてだめなら考えてみろ、である。

私たちは彼女が魔法を発動させた場面を思い出すことにした。

私が思うに獣人の魔法は想像力と大きく関係している。魔法を放つときにどんなことを想像していたか、どんな思いを感じていたかはとても大事な要素なのだ。

「あのときは雨が降っていて、体が濡れて、ぽんちゃんが自分に降りてきたみたいな、そんな感じでしたね」

ライカはあのときのことをしっかり覚えているようだ。

そう、彼女が小さいころに家にいた猟犬の様子を魔法で再現したのが、ドリル魔法の開発経緯だったはず。要はそれを頭の中に思い描いていればいいのだ。

「……今日は？」

「えへへ、今日はとにかくかっこ良さ重視です！」

「……かっこ良さ重視⁉」

予想外の返事が返ってきて戸惑いを隠せない私である。

どおりで英霊がどうのとか、邪悪な敵をとか、どこかで聞いたようなかっこいい文句が並んでいたのだ。

「はいっ！　自分がいかに歴戦のツワモノであるかを表現しています！」

しかも、この子、目をキラキラさせて、めっちゃくちゃいい返事をするのである。

その笑顔があまりにもまぶしくて叱ることさえ憚られる。

「……あのね、ライカ。いったん、見た目とかそういうのは置いておこう。まずは基本に忠実に、魔法を発動するイメージをしっかりすること！　いいね？」

とりあえず、こんこんと諭すまでである。

どうもいまいち、イメージを魔法に変換するっていう仕組みがわかっていないようだ。

「えぇえ、だってぇ、お師匠様の魔法は【午前一時の運動会《ミッドナイトエンジェル》】とか、【聖☆頭突き《ホーリーヘッドバット》】とか、かっこいいじゃないですか！　冷静になって考えたら、私の柴ドリルってイマイチですよ？」

「それは……それで……尊いものだよ？　柴ちゃんのドリルだよ？　色使いもかっこいいよ？」

ライカが突然の反論をしてきやがるので言葉に詰まる私。

確かにライカのドリル魔法は身体強化の初歩であり、高速回転を補助するだけである。

仕留めたのもスライムだけだし、その威力はわからない。

だけど、純粋な獣人が魔法を使えただけですごいことなのだ。

あんたにゃ自信をもってもらいたいよ。あたしの弟子なんだから。

「ふふふ、お師匠様にそこまで言ってもらえるなら頑張ります！」

私の苦し紛れの言葉が彼女をやる気にさせたようだ。

先ほどまで曇っていたライカの瞳は再びキラキラし始める。

彼女はすっくと立ち上がると、魔法の特訓を再開すると言い出す。

「いっきますよぉっ！　我が左手に宿る疾風の血族たる我が柴犬の祖霊たちよ、我、ライカ・ナッカームラサメの名前において命ずる、しぃいいばぁあああ……」

「すとぉおっぷ！　だから、それを止めれってば！」

しゅばばっとポーズをとって、詠唱らしきものを始めるライカ。

こいつ、全然、わかってないじゃないか。

ええかっこしいの雑念の塊である。

私はそれから手取り足取り、イメージの力について説教をするのだった。

結果、私も彼女のドリル魔法を模倣することになり、ここに猫ドリルなる魔法が生まれたのだった。

かなりの回転技であり、モンスターのどてっぱらに穴ぐらいは空きそう。


「そう言えば、雨が降ってたよね、それがヒントかな？」

「雨ですかぁ？　雨、雨、ぐぅむ……」

なおも魔法の探求は続く。

二人して当時のことを思い出していくと、雨が手がかりなような気がしてきた。

その日は朝からにわか雨が降っていたのだが、その頃からライカの様子が変だったのだ。

「それじゃ、一旦、降らせてみよっか？」

そういうわけで私は雨魔法【雨ごい猫巫女《レイニーメイデン》】を発動。

ご存じの通り、猫というものは雨が降りそうになると顔をこすりこすりとやる。

これを逆手にとって、私が顔をこすりこすりとやると雨が降るというのがこの魔法だ。

魔法を発動させて顔をこすると、ざぁあああっと雨が降り始める。ライカの真上に。

「ひえぇええ、私だけに降ってるんですけど⁉」

ライカはひどくびっくりしているけど、そりゃそうだ。

私は濡れるのが嫌いである、猫っ毛で髪が広がるし。

さぁ、ライカ、思う存分、思い出しちゃおう！

「お、お師匠様、思い出しました！　あのとき、耳に雨が入りそうだったんです。そしたら、無我夢中でしびびびってなってたんです！」

雨に濡れること、三秒。

わずかな時間でライカの記憶が動き始める。

そう、彼女はあのドリル魔法を発動させるときに、犬が耳に水滴が入ったときの様子をイメージしていたのだ。確かに耳に水が入ったら、首を振りまくるよね。私でもそうする。

「それだよっ！　それをイメージするんだよっ！　なんなら、雨を耳にいれちゃいな！」

「えぇえ、これをですかぁ⁉　ひっ……でぇりゃ、柴ドリルぅうう！　……できましたぁ！」

私の説得に応じ、ライカは耳を雨粒にかざす。

すると、すぐさまドリル魔法が発現するではないか！

彼女の背後には、大きな柴犬様が現れてぶぉんと首を振る。

英霊なのか祖霊なのか知らんけど、それはそれは大層素敵な柴ドリルだった。

ライカが柴ドリルを発動できるようになったのはすごく嬉しい。雨粒を思いっきり私に飛ばしてくれたのは頂けなかったけども。


「それじゃ、ライカ、冒険者ギルドにいくよっ！」

「はいっ！」

そんなこんなでライカとの朝の訓練を終え、私たちは冒険者ギルドに向かうのだった。

最初に確認するのはもちろん、依頼書の貼られた掲示板である。

Fランク生活もなかなかに板についてきた私たちなのである。

今日はどんな依頼が待っているだろうか。この間のスライム退治は楽しかったなぁ。

「こ、こりは！」

そして、私は発見したのだ。

ダンジョン調査（補助）と書かれた依頼があることを！

「だ、だ、ダダンダンダダン、ダンジョンの依頼だぁあああ！」

もんのすごく噛んでしまう私。

そりゃそうだ、待ちに待ったダンジョン依頼だよ。

そう、これならば体験できるかもしれない。

Fランク冒険者がダンジョンに置いてけぼりを喰らう、あれを。

私の血がたぎり、鼓動が早くなっていくのを感じる。

「……お師匠様、顔、怖いですよ？」

ほくそ笑む私を前に、ライカの顔はひきつっていた。

【賢者様の猫魔法】
雨ごい猫巫女《レイニーメイデン》：雨を降らせる天候操作魔法。猫が雨を予知することから開発された。地味ながら使い勝手はいいが、大規模に降らせる場合にはかなりの魔力を食う。局所的にゲリラ豪雨を発生させることも可能。

賢者様、禁断の依頼に手を出そうとしたら、まさかの奴らが混ざってきたぜ

「ひへぇえええっ!?　ダンジョンの奥で置いてけぼり!?　な、なんでですかぁっ!?　どうして、そんなことをされたがるんですかっ!?」

掲示板の前でライカの絶叫が響き渡る。

ええい、声が大きいよ。ここで叫ばれるとバレちゃうでしょうが！

とはいえ、びっくりしてしまうのも仕方がないのかもしれない。

ライカは冒険初心者なのだ、わかりやすく教えてあげないと。

「いいかい、ライカ。冒険者たちがダンジョンに潜るだろう？　そして、とんでもなく強い敵と遭遇

したとする」

「はい」

「このままじゃ勝てない。全員が死ぬ。こんな時に、偶然、役立たずのただ飯食らいの荷物持ちのFランク冒険者がいたとする。……その結果はわかるよね？」

「あのぉ、役立たずって言っておきながら、荷物持ちって役に立っている気がするんですけど……。荷物って大事なものですよね？　自分で荷物を持てばいいですし、その冒険者の人たち、ひ弱なんですか？」

「ぐぅむ……、じゃあ、荷物持ちじゃなくて、ただのFランク」

「でもでも、それだったらダンジョンに連れてくる必要ないんじゃないですか？　そもそも、Fランクが上のランクについてこれます？　明らかに人選ミスですよ、バカ丸出しの」

「ぐぅむううう……」

ライカらしからぬ、鋭い指摘に思わず唸り声をあげる私。

ええい、細かいところはいいのだ、それは枝葉末節ってやつだ。重箱の隅をつつくようなものなのだ、重箱ってなんだか知らんけど。

「これは例え話だからっ！　で、そういう時はクソザコFランク野郎を囮に使って逃げ出すのさっ！それがCランクとか、Dランクぐらいの、ちょいワル冒険者の習性なんだよ！」

ライカの勢いをかき消すように、指をびしぃっと突き出し、圧倒的説得力を醸し出す私。

一瞬、論破されそうになったけど、なんとか持ちこたえた。

偉いぞ、私。

「お師匠先輩、そんなことはないと思いますよ？　冒険者の皆さんはいい人が多いですし、だいぶ、先入観にとらわれているというか、それっていつもの噂話とか都市伝説じゃないですか？」

しかし、ライカはジト目で首をかしげる始末。

やれ噂話だとか都市伝説だとか、ひどい言われようだ。

「言っとくけど、こういうのこの界隈では有名なんだからねっ！　一日に何人の新米が置き去りにされていると思ってるんだね!?」

「それ、どこの界隈なんですかぁ!?　そもそも、なんでお師匠様はそれを求めてるんですかぁ!?」

戸惑うライカに、ダンジョンを甘く見るんじゃないよ、食うか食われるかなんだよ、などと愛のお説教を食らわす私である。そう、ダンジョンは遊び場ではないのだ。

しかし、なんで置き去りにされてみたいのかって言われてもなぁ。

「……そこにダンジョンがあるから？」

といった、ごく一般的な答えしか生まれてこない。

他に答えがあるなら教えて欲しいぐらいだ。

もしも、ダンジョンがないのなら置き去りは起きないと思うし。

「山みたいに言わないでくださいよぉおっ！」

ライカは涙目になっているが、これは決定事項なのである。

なんせ私がSランク時代に作った、『Fランク冒険者に戻れたらやってみたい一〇〇のこと』にも書かれているのだから。

「でも、安心してもいいよ。別に囮になって危険な目に遭いたいわけじゃないからね。ただちょっとだけ、人間の底しれない悪意《進化》を感じてみたいだけだし」

「し、進化!? お師匠先輩、いちいち表現がえぐいですよぉおお」

私がふんすと鼻を鳴らすも、ライカは全力で引いた表情。

まぁ、私も囮になったことはないからわからないけどね。あの聖女《クズ女》を囮にしようと思ったことは何度もあったけど、ことごとく失敗したし。そもそも、あの女、モンスターを素手でボコる。

「でもですよ、先輩。第一、私たちを置き去りにする冒険者パーティーがいないんじゃありませんか? ほら、ワイへ王国の冒険者の皆さん、みんな、いい人なので」

ライカはどうしても私の提案を阻止しようと、あの手この手で攻めてくる。

ふふ、でも、大丈夫。

ライカの美貌さえあれば、連れていきたいと思う不届きな野郎はたくさんいるでしょうよ。

ふくく、我ながらすごい作戦。ちょっと心は痛むけど、成功に犠牲はつきものだからね。

「……お師匠先輩、今回だけですからねっ! あとでしっぽり三時間、魔法の練習させてもらいますからねっ!」

そんなわけで。

ライカはしぶしぶ納得して、私と一緒に一芝居打ってくれることになったのだ。優しい。

「あっぁれぇえ、こんなところにダンジョン調査の補助って依頼があるぅ」

「本当だぁあああ。やってみたいですねぇえええ！」

「でもでもぉ、CランクかDランクのパーティーについていくことって書いてあるよぉ」

「本当ですねぇ。どなたか心優しいパーティーはいませんですかねぇええ？」

掲示板の前で非常にわざとらしい迫真の演技をぶちかます。

見るからに初心者であり、囮にし甲斐のあるボンクラに見えるだろう。

さぁ、悪辣な冒険者よ、やってくるがいい！

私たちが最高の囮になってあげるよ！

お前達は気づかないのだ、罠にはめるつもりがはめられていることに！

「ふふ、お嬢ちゃんたち、ダンジョンに興味があるのかい？」

「それなら、俺たちもまぜてよ？」

「こらこら、自己紹介もせずに提案するなんてマナー違反ですよ」

すると、今度はすぐさま三人組に声をかけられる。

振り返ると、そこには見るからに爽やかなイケメンたちが立っていた。

しかし、その外見は少し変わっている。ブレザーみたいなのを着ているし、いかにも学生さんといった風情である。一応、剣や魔法の杖を持っていることから、冒険者らしいことはわかるのだが。

「僕らはCランクパーティ、ワイへ美男子学園高等部の三人さ。僕らも、偶然、この依頼を受けようと思っていたんだ」

「もし良ければ、僕らの補助として参加してくれないか？　かわいい、獣人のお嬢さんたち」

そういうとニコッと笑うリーダー役の剣士の人と魔法使いの人。

見るからにイケメンであり、爽やかであり、乙女ならこのパラダイス場面に「はわわわ」などと声をあげることだろう。

しかし、我々は別のところで愕然《がくぜん》としていた。

「び、美男子学園高等部……」

「リアルでいたんですねぇ……」

そう、あの美男子学園のご本人登場だったのだ。

驚きのあまり顔を見合わせる私たち。

美男子って自分で言っちゃうところもすごいけど、確かに美男子ぞろいである。まつげ長い、脚長い。かなりの美形。

それにしても「かわいい獣人のお嬢さん」なんていうのは迂闊だったわね。

あたしゃ見抜いてしまったのである、こいつら悪《ワル》でゲス野郎だって。

ものの本によれば容姿が整っているほうが、逆に悪辣なことをするということが報告されている。

天は二物を与えずって言うし、私は人を見る目には自信があるし、このパーティーに賭けてみることにした。

ライカ、都市伝説じゃないってことを証明してあげるからね。

「よろしくお願いします！」

そんなわけで、二つ返事で彼らの申し出を受けることにした。

別にイケメンが好きとかそういうわけではない。

イケメンほど自己保身に長けているものなのだ。

ふふふ、イケメンだろうが、美少女だろうが、極限状態で皮一枚ひんむけば下品な悪意が顔を出すってなもんなのさ。

「決断が早すぎますよぉぉお!? この人たち、大丈夫なんですか!?」

ライカは不安そうな顔をして私の袖をひっぱる。

そりゃそうだよね、さっきまでの話を聞いてたらびっくりしちゃうよね。

だけど、大丈夫。私が安心安全快適なダンジョン囮体験をプロデュースしてあげるから。

全ては上手くいく、とウインクする私なのだった。

「ライカ、とりあえず、これを渡しておくね」

ダンジョンに潜るに当たって、私はあるものを渡しておく。

それは【つがいの鈴】という魔道具で、ダンジョン内で遭難しても相手の居場所がだいたいわかるという優れものである。

ダンジョン探索中はずっと一緒にいると思うけど、念のためだね。

さぁっ、楽しい楽しいダンジョン探索が始まるよっ!

賢者様、めちゃくちゃ凶悪なピタゴラな方法で敵をスイッチする

「くっそぉっ、このモンスター強いぞ!?」

「君たちは下がっているんだ！」

「くふふ、腕が鳴りますね！」

どうしてこうなった。

そもそも、あのイケメンだと思っていた冒険者たちは、男装のお姉さんたちだった。

紛らわしいことこの上なしである。

さらに、である。

ダンジョンの調査中、我々はとんでもなく強そうなモンスターに出くわしたのだ。でっかい口の中に目ん玉があるという強烈な見た目のやつで、数メートルの触手がうねうねしている。

邪悪なイソギンチャクみたいで、低ランク冒険者なら卒倒しちゃうかもしれないよ。

「ちぃっ、ここは私たちに任せて君たちは先に行けっ！」

「そうだ、Fランク冒険者は明日の光！　唸れ、俺の左腕ぇええええ！」

「ま、まだまだやれます。今日は死ぬのに一番いい日かもしれませんね！」

彼女たちは叫び声をあげる魔物を前に、自分たちが囮になると言って駆け出していく。

性格がいいうえに、かっこいい。

ワイへ美男子学園の面々は普通にいい人たちだったのである。この人たち、見た目もいい上に性格もいいなんて、どうして天は二物を与えてくれたのだろうか。

あぁ、お姉さま方、私たちに「おらっ、てめぇらは囮だ！　ここでじっとしてろよっ！」とか、「死ぬときぐらいは役に立ちやがれ！」とか言ってくれればいいのに。そして、すたこらさっさと逃げ出してくれれば良かったのに。

つまり、この状況は私が囮になるチャンスはひとかけらも残っていないということを示していた。

「あ、あの人たち、行けって言ってますよ？　行くなら行きましょうよぉお？　私、あぁいう、目がぎょろっとしてるの苦手です！　触手で手が汚れそうですし、殴りたくないです！」

がっくりしている私の隣で、ロマンもへったくれもないことを言い出すライカ。

私の袖をぐいぐいと引っ張ってくるのはかわいいけど、どうやら敵のモンスターが怖いようだ。

確かに目の前の魔物は私でさえ見たこともない種類の奴で、ちょっぴり強そうである。

だけど、彼女たちを置いて逃げることはできない。

「ライカ、あいつらやっつけちゃうよ！　囮になるのは私だけでいいんだよ！」

「さ、さすが、お師匠様です！　しびれました！」

私の深い囮哲学に目をキラキラさせるライカ。

私が囮になるのはいいけれど、他人が囮になるのは許せない。

そもそも、私は安全快適なダンジョン探索を約束したのだ。降りかかる火の粉は排除しなきゃ。

とはいえ、ここで私が本来の力を見せちゃったら困ったことになる。魔法を使っている様子は見せずに、あくまでも偶然を装って敵を倒さなければならないのだ。

どうするかって？

こうするのさ！

「ライカ、あの三人が危なくなったら救助をお願いね！」

「わ、わかりました！」

私はライカにアシストを頼むと絶叫する魔物のもとに駆け出す。

「【猫仕掛けの悲劇製造機《ファイナルデスティネーション》】!!」

唱えたのは必殺の猫魔法。

魔法の発動と共に沢山の歯車が現れ、その上を精霊の猫が優雅に歩く様子が映し出される。

「何も起きてませんよっ!?　だ、大丈夫なんですかぁ!?」

魔法を唱えてもなんの変化もないので、不安そうな声を出すライカ。

しかし、この魔法、地味に見えて、とんでもなく凄いのである。

よく見ておきなさい！

「どおりゃああ、ぅわたしぃが相手だぁあぅっ！」

私はいかにもFランクっぽく、逆ギレした感じで戦いの場にダッシュする。

すると、私は右のつま先で小石を軽く蹴り飛ばす。

さぁ、ここからだよ、よぉく見ておいて！

こつん、と勢いよく転がった小石は、ちょうど絶妙なバランスで立っていた岩に衝突。

ぐらん、とその岩が揺れ始めると、それはバランスを崩して転がり始め、付近の壁に激突。

どがぁん、と音がしてその壁に亀裂が走ると、天井がみしみし、ぴしぴし、変な音をさせ始める。

どがぁあああああん！！！

結果、天井が崩壊し、巨大な岩がモンスターの頭めがけて落ちてくる。

目玉のモンスターは「ぴぎし」などと悲鳴を上げて絶命するのだった。ぬはは。

「あひゃあああああ!?」

「ひょわわぁああ!?」

「つきゃあああああ!?」

お姉さま方は悲鳴をあげるも、なんとか無事。

三人とも命が助かった喜びなのか、ガタガタ震えているのであった。

まぁ、ちゃんと距離があるから大丈夫だってわかってはいたけどね。

「いやぁ、偶然、落盤が起こるなんてびっくりですねぇ。あはは、びっくりしたぁ」

そんなことを言いながら、三人を救助する私なのである。

三人は魂が半分抜け落ちたような放心状態だけど、無事で良かったね。

「ぐ、偶然だよな……」

「なんで岩が落ちてきたんだ!?」

放心状態のお姉さまがつぶやく。

しかし、実際のところ、これは偶然ではない。私の魔法によるものなのだ。

そう、これこそが四八の殺人魔法の一つ、【猫仕掛けの悲劇製造機《ファイナルデスティネーション》】なのである。これは猫がもたらす偶然の悲劇を参考にして作られた魔法なのだ。

例えば、猫はこんなことを平気で起こす。
・偶然、飛び降りた先に飼い主の顔がある
・偶然、歩いていた場所にあったインクの壺を倒し、貴重な書類をダメにする
・偶然、壁を登ってみたら絵画が落ち、さらにはその下にある花瓶を割る
猫とは「なんでそれがつながるの」といった、自然の摂理を超えて悲劇を引き起こす存在。

まさに運命の神の申し子なのである。

「ぐ、偶然を装って人を殺す魔法ですよね？　え、えぐすぎますよっ!?」

ライカは私のことを極悪人《サイコパス》を見るような目で見てくるが、別に人を殺めるための魔法ではない。

見ての通り、魔物をやっつけるためのものなのだ。

人に向かって放ったことなんてないし、四八の殺人魔法っていうのはあくまでも比喩だからね。殺したことはないよ。本当だよ。

「それにしても、妙だね、これ」

放心する三人や唖然とするライカをよそに、私は落盤で潰れた魔物を入念に観察する。

明らかにここらへんにはいないはずのモンスターなのである。

どっちかというと、古代の遺跡の奥深くとか、そういうところにいるタイプ。

そんなときだった。

ぴしっ……

私の足元の感覚が消え、視界がぐらりと揺れる。

「でぇえぇっ!? うっそおぉおおおおお!?」

落盤を引き起こしたせいで、ダンジョンの床がもろくなっていたのだろうか。

足元が崩壊し、私は真っ逆さまに大穴の中に落ちていく。

え、ちょっと待ってぇえええええ!

一方、その頃、レイモンドたちは?

「おい、冒険者が来ているぞ?」

ここはワイヘ王国にある、とあるダンジョン。

魔道具師のレイモンド、魔獣使いのカヤック、そして、魔法使いのジャグラムはそこで人生を賭けた最後の戦いの準備に臨んでいた。

彼らは一致団結して仕事を完遂するという意味を込めて、同じ服装と仮面に身を包んでいた。

レイモンドは見張りの魔道具によって、ダンジョンに冒険者が侵入してきたことを察知する。

ワイへの冒険者は凄腕だ。もしかすると、自分たちのことを嗅ぎつけて討伐に来た可能性もある。

しかし、彼ら三人はひるむことはない。

「ふはは、それならばちょうどいい。この古代の魔物、レッドアイのエサにしてやろう」

「それがいい！」

彼らは協力して魔物を召喚し、冒険者にぶつけることにしたのだった。

魔物はふしゅるふしゅると気持ちの悪い音を立てて、冒険者のもとへと向かう。

古代モンスター、レッドアイ。

無数の触手を携え、人とあれば貪欲に襲い掛かる化け物である。

体に魔力を蓄えることによって肥大化し、やがては城のサイズまで大きくなった例もある。

一般的な冒険者であれば、レッドアイの相手にはならないだろう。

しかし、レイモンドたちは知らない。

魔物が向かった先には、魔物以上に破壊に飢えた魔物じみた女がいたことを。

【賢者様の使った猫魔法】
猫仕掛けの悲劇製造機《ファイナルデスティネーション》：猫とは運命の神に愛された存在であることは言うまでもない。偶然に偶然を掛け算し、もはや必然ともいえる結果を導き出す。この魔法は術者の些細な動作が機転となり、敵を必ず仕留める術理を持っている。発動条件が難しいが、ダンジョンなど障害物が大きい空間だと効果てきめん。逃げられない。四八の殺人魔法の一つ。

賢者様、古代の謎遺跡を発掘し、お宝をGETだぜっ！

「うわっちゃあ、びっくりした」

数十メートルは落っこちただろうか。

魔法【猫ひねり】のおかげで無事に着地できたとはいえ、びっくりしたのは確かである。

ライカたちとははぐれたけど、つがいの鈴もあるし、合流するのは難しくないだろう。

それよりも、である。

せっかくダンジョンに潜ったのだし、適当に散策するのも楽しそうだ。

そう、ダンジョンと言えば、お宝探索だよね。

勇者パーティ時代はモンスター討伐ばっかりで、そういう冒険っぽいのをしたことがなかった。

先ほどは古代種のモンスターもいたし、お宝に出会えるかもしれないよね。

そんなわけで私は落っこちてきた階層を歩いて回るのだが、あることに気づく。

明らかにこの階層は不自然なのだ。床がレンガで覆われており、普通のダンジョンとは思えない。

まだ発見されていない古代人の遺跡なのかもしれない。さっき潰したのも古代種のモンスターっぽかったし、私の推理は当たっていると思う。

「げげっ、なんだこの部屋……」

そして、見つけ出した部屋に私は絶句することになる。

床一面に巨大な魔法陣が描かれていて、明らかに人間活動の形跡があるのだ。

ふぅむ、古代人の遺跡っていうのは間違いなさそうだ。

どれどれ、この魔法陣、何をしようとしてるんだろう？

「あっりゃあ、これ、けっこう、危険なやつだよ⁉」

魔法陣を読み解いてみると、びっくりである。

なんと、ワイへ王国のお城のあたりに攻撃魔法が直撃するように設定されているのだ。

しかも、発動させるには魔力を注入するだけじゃなくて、お供物が必要とのこと。

平たく言えば、いけにえとか、魔力を込めた魔道具とか。

ふぅむ、さすがは古代文明。やることが野蛮極まりない。

私はこの地域の歴史には詳しくないけど、おそらくは大昔の敵対勢力が残したものだろう。

これは危険だな。誰かが誤ってスイッチオンなんてしちゃったら、お城とか、王様とか消し飛んじゃうじゃん。

私をFランク冒険者と認めてくれたワイへ王国には恩があるし、こんな物騒なものを放置しておくことはできない。私は魔法陣の発動を解除することにした。

「げげ、結構、複雑じゃないの……」

しかし、私は絶句することになる。

その術式は古臭く、ところどころ面倒くさい処理をしているため、簡単には解除できない。軽くいじった程度では標的を変更することしかできないようだ。

どうやら、この魔法陣を作った人間の性格は相当、歪んでいるらしい。血に飢えた獣みたいな古代人だったんじゃないだろうか。

ライカ達と合流しなきゃいけないし、ここで魔法陣とにらめっこしているわけにもいかない。

「くひひ……それならば……ここをこうして……」

そんなわけで私は魔法陣の標的を変更することにした。狙う場所は、私を解雇してくれた大臣の寝室の一角である。まぁ、出力も抑えたし、直撃しても数メートル四方が消し飛ぶぐらいのはず。

ライカ達と合流したら、完全に書き換えて停止させればいいさ。

こんな無人の遺跡で発動することもないだろうし、あくまでお遊びだよね。

「さぁて、そろそろ皆と合流しようかな。……あれ？　こ、これは！」

部屋を出て行こうとすると、古代遺跡らしく古めかしい道具が置かれている棚に遭遇する。

「うわっ、古い！　こりゃあ、年代物だねぇ」

どれもこれも、さび付いていたり、文字がかすれていたりと完全なる古代の遺物である。

まぁ、普通に考えて、先ほどの魔法陣を描いた古代人が遺したものだろう。

ダンジョン探索の役得として収穫させてもらうことにして、収納魔法である【長毛種の無限収納《マジックインベントリ》】の魔法を唱え、長い毛の中にお宝を押し込むのだった。

ことり……。

「おわっちゃあああ!?」

すると、なんということでしょう。

先日、ならず者から奪い取った魔法爆弾が毛の間から落っこちてきたのだ。爆発しなかったけど、びっくりしたぁ。危ない、危ない。これって無駄に魔力が込められているから、管理が難しいんだよね。ちゃんと奥の方に入れておかねば。

私は古代の遺跡から使えそうなものを頂くと、その場を後にするのだった。

くひひ、こんだけのお宝を見せれば、ライカもびっくりするに違いない。

これだから、ダンジョン探索って止められないなぁ。

ソロ・ソロリーヌ、今日も元気にソロ活動して捕まる

「よぉし、今日の依頼もがんばるぞ！」

リス獣人のソロ・ソロリーヌはワイヘ王国郊外のダンジョンの入り口を探索していた。

一般的にダンジョンを一人で探索することは危険とされているが、入り口付近の探索なら一人でも請け負うことができる。

しかし、危機管理の甘いソロは「なんとかなるでしょ」精神でダンジョンの少し奥にまで乗り込んでいるのである。

「ふふふ、前回だってみんなにすごいって言われたし！」

彼女は先日のスライムの依頼で大手柄を立てたことを未だに誇りにしていたのだった。

確かにこのダンジョンのモンスターは弱く、ソロでもなんとか倒せる。

本来はダンジョンの浅い階層の探索という依頼だったのだが、調子に乗った彼女はさらに奥へと進んでいく。

「貴様、ここで何をしている!?」

そして、彼女は相変わらずのアンラッキーぶりを発揮する。

突然、現れた仮面の不審者に捕まってしまったのだった。

「あきゃあああ！　なんですか、あなたたちは!?」

彼女の目の前に現れたのは仮面の変質者だけではない。凶悪としか言いようのないモンスターがそこにいたのだった。

【賢者様の使った猫魔法】
猫ひねり：猫は高いところから落ちても見事に着地をやってのける。その様子に感嘆した賢者様が開発したのがこの猫魔法だ。高いところから落ちても、ひらりと身をひるがえし無事に着地できる。

ライカ、突然の敵の襲来に活躍してくれます！

「貴様ら、何者だっ！　その子を放せ！」

「そうですよっ！　乱暴する人は徹底的にぶっとばしますよっ！」

アンジェリカの捜索を開始したライカたちである。

ダンジョンにいる他のモンスターは弱く、下の階層まで行っても問題ないと思われたからだ。

しかし、そこで彼女たちは思わぬ敵と遭遇する。

それは仮面をかぶった、見るからに怪しい男たちだった。

「ひきゃあああ⁉　助けて下さぁああい！」

悪いことにモンスターの触手にはリス獣人の冒険者の姿がある。

彼女の名前はソロ・ソロリーヌ。ダンジョン探索をしているところで、男たちに捕まってしまったのだ。今日も小さい体で絶好調に悲鳴をあげる。

「お前達、ワイへの冒険者だなっ⁉」

「やれっ、ダブルアイ！」

彼らはダブルアイと呼ばれたモンスターを操り、ライカ達を威嚇する。

そのモンスターは先ほどの目玉のモンスターに似ているが、なんと目玉が二つもある。

体つきも大きく、触手はさらに多い。

「くっ、人質の救出が最優先だ！」

「行くぞっ！」

「こいつは強い！　ライカ君は、早く逃げるんだっ！」

冒険者たちは覚悟を決めた表情になり、触手の化け物と交戦し始める。

目指すはソロの解放である。

ぐごがぁあああああああ！

化け物はぐいんと体を膨らませると、猛烈な音量の雄たけびをあげる。

まるで地獄の底から聞こえてくるような叫び声である。

あまりにも大音量の雄たけびに、三人の冒険者は足がすくんでしまう。

「「「ぐはっ!?」」」

動きに精彩を欠いた彼女たちは敵の触手になぎ倒されてしまうのだった。

彼女たちのパーティーはCランクと、そこそこ強い。しかし、この魔物は明らかに格上だった。実力差は歴然としており、勝てる見込みは万に一つもない。

さらに、冒険者たちは触手から出された魔法によって意識がもうろうとしている状態だ。

「はーっはっはっ、レッドアイを倒したからと言っていい気になるなよ！」

「これはレッドアイを二つつなげた禁忌の魔物！」

「わしらの生んだ怪物に敵はおらんわぁああっ！」

男たちは吹っ飛ばされた冒険者たちを前に大きな声で笑う。

仮面をしているため顔は見えないが、邪悪に歪んでいること間違いなしである。

「うぅう、耳が痛いですね」

しかし、ライカだけは無事だった。

彼女はとっさの判断で耳に魔力を集め、聴力を守ったのだった。

アンジェリカとの修行が功を奏したのだ。

「乱暴するなんて許せません！　こうなったら、私が相手ですよっ！」

ライカは杖を振りかざし、精神を集中させる。

目の前に迫る無数の触手に恐怖を覚えないわけではなかった。

しかし、このまま蹂躙されるわけにはいかないし、仲間を置いて逃げるわけにもいかない。

彼女は強い正義感の持ち主でもあったのだ。

「くはははは！」

「獣人が魔法でも使うというのか⁉　なんだその構えは！」

「貴様ら劣等種に崇高なる魔法が使えるものか！」

三人は大きな声で嘲笑う。

ライカの膝が恐怖で震えているのもあるだろう。

しかし、それ以上に、彼らはライカが獣人であるにもかかわらず魔法を使おうとしていることを嘲笑ったのだ。

そのことはライカの心を否が応でも刺激する。

「劣等種なんかじゃない、私はっ！　私たちはっ‼」

ライカの脳裏に自分を拾ってくれた、猫人の師匠、アンジェリカの顔が浮かび上がる。

アンジェリカはいつだってライカが魔法を使えるようになると信じてくれた。

そして、実際に使えるように導いてくれたのだ。

笑われる筋合いなんてあるはずがない。

「でぇぇりゃあああ、柴ドリルぅううう！」

ライカは跳んだ。

もはや格好をつけることさえせず、ただただソロと仲間を助けるためだけに。

ライカは全身に魔力が溢れていくのを感じる。

そして、耳に水が入ったときを思い出す。

かつて実家にいた猟犬がぶるぶるぶるぶるっと勢いよく水をはじく様子を思い出す。

あの素晴らしい姿を、回転し過ぎて顔のパーツがわからなくなり、一つのドリルになる様を。

そう、偉大なる祖先の回転速度を!!

しゅばばばばあぁあああああっ!

ライカの背後に神々しい柴犬が現れ、彼女を鼓舞するように頭を回転させる。

ピギャアアアアア!?

ダンジョンに響く、モンスターの悲鳴。彼女の放ったドリルは猛烈な回転によって、モンスターの一部を切り裂いたのだった。

モンスターは捕まえていた獣人のソロを投げ出し、床に沈み込む。

「あ、ありがとうございますぅううう!」

ライカは投げ出された女の子のもとに向かい、彼女を確保する。

ドリル魔法からの見事な早業だった。

「なぁっ!?」

「なんだぁああああっ!?」

「い、犬が、茶色い犬が背後に現れよったぞぉおっ!?」

これには当然、びっくり仰天の仮面三人組である。

虎の子のモンスターが正体不明の攻撃を受けて、地面に伏すとは思ってもいなかったのだろう。

「私の魔法の前に、あなたたちの魔物は無力でしたよっ！　さぁっ、おとなしく私に殴られなさい！」

ライカは男たちをびしっと指さし、観念するように促す。

その瞳には正義の炎が燃えていた。

「ふははは！　あの程度の攻撃で我らがダブルアイを倒せると思ってかぁああ！」

「魔法だと？　笑わせるなよ、妙な幻術を使うようだが、わしらの相手ではないわ！」

男たちが再び嘲笑を始めると、腹部に穴を空けたはずの魔物がむくりと起き上がるではないか。

まるで何事もなかったかのように、触手をしゃあああっと伸ばしながら。

「そ、そんな……」

その異様さにライカは血の気が引いていくのを感じる。

敵に致命傷に近い打撃を与えた感触さえあった。

それが、ものの十数秒で復活することなど、あっていいのだろうか。

ライカはこのまま逃げるべきか、それとも戦うべきかの選択肢を強いられる。

リス獣人の娘を抱えて走れば、なんとか逃げ切れるかもしれない。

だが、失神した冒険者の三人は殺されてしまうだろう。

勝てるだろうか？

どうしたらいい？

ライカの額に汗が流れ、頬を伝って地面に落ちる。

究極の選択を前に、彼女はぽつりと「お師匠様……」とつぶやく。

「さぁ、命乞いを始めるがいい！」

「今日が貴様たちの命日だ！」

「そして、ワイへ王国を滅ぼしてやる！」

邪悪な企みを口にして嘲り笑いをする男たち。

まさに絶体絶命といった状況の中、ダンジョンの床にとある人物のシルエットが現れる。

そして、猫耳の影はこう言うのだった。

「ふふ、楽しそうだね。私もまぜてよ？」

ライカが振り返ると、そこには口元に笑みを浮かべたアンジェリカの姿があった。

賢者様、ライカと犬猫ラブラブ天驚ドリルみたいなので敵をやっつける

「ふふ、楽しそうだね。私もまぜてよ？」

言えたぁあああ！

私の心の中は歓喜の声で一杯だった。

目の前にモンスターが迫っていて、ライカは女の子を守るので精一杯なのもわかっている。

だけど、ここぞってときにここぞって言葉を言えることほど、痛快なことはないでしょうよ。

「お、お師匠さまぁあああ！」

あらら、気丈に振舞ってはいたけど、やっぱり怖かったんだね。触手キライって言ってたもんね。

ライカは私に気づくと泣きながら駆け寄ってくる。

とはいえ、もう安心だよ。あんなモンスター、秒でやっつけてあげるから。

「な、なんだぁ、貴様ぁあああ!?」

「ふふん、劣等種が増えたところでなんになるというのだっ！」

「そうだ！　それにこっちには人質もいるのだ」

ライカの髪の毛をよしよしと撫でてあげると、男が三人現れる。

お揃いの服に身を包み、お揃いの仮面をしているなんて、どうみても変質者の集団である。

どこかで見たような体型に声色だけど、判然としない。どうやらあの仮面には認識阻害の魔法でもかかっているのだろう。

ふふん、変質者の癖にいい趣味してるじゃないか。ぶっとばしてあげるよ。

とはいえ、人質がいるのはちょっと厄介だよね。

あのお姉さま方は気絶した状態で触手にからめとられている。男装した麗人が触手うねうねなんて絵的にもまずい。

「ライカ、その子を守ってるんだよ」

ふぅっと息を吐くと、私は身体強化魔法に加えて、【黒猫暗歩《キャットインザダーク》】の魔法を唱える。

そして、敵めがけてスタスタと歩き始めるのだった。何事もなく、ただただ平然と。

触手にからめとられたお姉さんを一人一人回収すると、ライカの近くに置いていく。

最後は、指をパチンと鳴らして魔法を解除。

「なんだ、貴様、今、どこにいた？」

「怖くて逃げていたのか？」

「ひひひ、何をしようともこちらには人質が……お、おらん!?　人質が消えた!?」

異変に気づくのに大層時間のかかる三人である。

まぁ、当然と言えば当然。

この魔法は黒猫が闇に溶け込みながら、無音・無気配で歩くように、術者が一切の気配を消すことができるというものなのだ。

ダンジョンの中は薄暗いし、この魔法を発動するのにうってつけってわけ。

「す、すごいですねっ！　私もそれやりたいですっ！　黒柴暗歩って感じで！」

ライカは元気を取り戻したのか、めちゃくちゃ嬉しそうである。

黒柴暗歩では、顔の一部と胸元とお腹が浮き出そうな気もする。黒プードル暗歩とかスキッパーキ暗歩、黒甲斐犬暗歩ならいいんじゃないだろうか。

それはさておき。

「さぁて、人質はいなくなったよ！　私の大事な弟子じゃなくて、後輩を脅かした罪は重いからね、覚悟しなさい！」

そんなわけで悪党どもに覚悟を促す。変質者は縄で縛って引き渡すからね。

「ふははは！　何が覚悟だぁああ!?」

「我らが召喚した古代の魔物、ダブルアイは不死身！」

「魔法の使えない劣等種が倒せるとでも思ってるのか！」

下品な声で笑う三人組。

あっそぉ、ふーん、その化け物に相当の自信があるんだね。

その高い鼻を叩き折ってあげるよ。

「【超音速の右爪《ソニックブーム》】！」

私は間髪入れず、大きな目玉をぎょろぎょろさせている魔物に超音速の斬撃を叩き込む。

ずばぁあああんっ、などと音を立てて魔物の胴体は輪切りになる。

ふふん、キラーベアの首さえ落とす魔法だよ、バラバラ死体になっちゃうはず。

ぐぎぎっぎぎぎぎぎ！

「お師匠様！　あ、あのモンスター、立ち上がりましたよっ!?」

しかし、しかしである。

ライカが言うように、敵の化け物はバラバラの状態から再び元通りになってしまったのだ。最初に目玉が浮かび上がるのが非常に気持ち悪い。

なんつぅ回復力。トロルでもこんなことできないと思うよ。

「お師匠様、私も柴ドリルで体をえぐったんですけど、すぐに回復しちゃいました！」

ライカは必死な表情でナイスな情報を教えてくれる。

どうやらかなりの火力で一気に吹っ飛ばすしかないことがわかる。

……そうなると、お待ちかねのあの魔法だよね。

よっし、いよいよ、出そうじゃないの、【シュレディンガーさんちの猫】の魔法を！

ダンジョン一つ使えなくなるかもだけど！

これはもうしょうがない、必要経費だよね！ あははは！


「だ、だめですよっ！ なんですか必要経費って！ この間の雷の魔法もそうですけど、激しすぎるのは危険です！ もっとやんわりしたのにしてください！」

ライカは私の目付きから何かを感じ取ったのか真剣な顔で止めるように言ってくる。

弱点を見抜きながら攻撃するのってめんどいし、そもそも、私はやんわりした攻撃魔法を持っていないのである。大規模破壊が得意なのだ。正直、大規模破壊しかやりたくない。

「劣等種どもめ、何をごちゃごちゃとやっている!?」

「そうだ、魔法の使えないお前たちが、我らの扱うモンスターに勝てるはずはないのだっ！」

「怪しげな幻術を使いおって、この劣等種が！」

二人で話し合ってると、三人組はこちらをやたらと煽ってくる。

なるほど、こいつら未だに私の魔法を認めてないってわけね。あれだけ間近で見せてあげたっていうのに。

頭ごなしに獣人である私たちを否定する態度はどこかの誰かさんたちにそっくりだよ。

あたしゃねぇ、そういう決めつけが一番嫌いなんだよ。

「よぉし、ライカ、こうなったら二人でやっちゃうよ！」

「え、え、えぇぇええ!?　私もですか!?」

煽り耐性がないわけじゃないけど、売り言葉に買い言葉である。

変質者三人組に獣人の放つ魔法のすごさを見せてあげようじゃないの。

「そうだよ、劣等種だなんて、絶対言わせないかんね！　いい？　ここでこうして……」

「お、お師匠様!?　ふむふむ、なるほど！」

そんなわけで、私はとある作戦をライカに伝える。

先ほどのモンスターの復活の様子から考えると、あいつの弱点の予想はつく。

私たち二人なら、たぶん、きっと倒せるはず。

「あんたたち、刮目して見てなさいよっ！　ライカ、行くよっ！」

「はいっ、お師匠様！」

私たちはぎょろぎょろ目玉の化け物に向かって一気に駆け出す。

そして、後ろ足にぐんと力を入れて思いっきりジャンプ！

「撃ち落とせ、ダブルアイ！」

大柄の男の命令を聞いて、魔物の触手が伸びる。それはまるで鞭のようにしなやかだが、捕まれば身動きがとれなくなるだろう。

それなら、どうするかって⁉

「猫ドリル！」

「柴ドリル！」

そう、ドリル魔法で跳ね返すのみ。

しかも、それだけじゃ終わらないよっ！

「ライカ、いっくよぉおおお！」

「はぁあぁい！　私のドリルが光って唸る！　お前を倒せと輝き叫ぶ！」

ライカに合図を送ると、彼女は謎の口上をおっぱじめる。

魔力が溢れているのか、彼女のドリルはオレンジ色の光を放ち始めていた。

うっそぉ、こんなところでかっこつけるの⁉　何その光⁉

ええい、しょうがない、こっちが合わせてあげよう。

「「でりゃあああぁ！　犬猫ドリルぅううう‼」」

私たちは全く同じタイミングで怪物の目玉にドリルを直撃させる。

ドリルはそのまま敵の体を貫通し、私たちは無事に着地。

ぐごがぁああああああ……。

魔物は断末魔をあげて、沈黙するのだった。

「や、やりました！　これが犬猫ラブラブ天驚ドリルですぅうう！」

嬉しそうに飛び跳ねるライカ。

いや、そんな技の名前じゃなかったと思うけどね。なんだそのラブラブっていうのは。

「な、なんだ貴様ら、いまの技はぁあああ⁉」

「なぜ背後に犬や猫が浮かび上がるぅううう⁉」

「こんなものが魔法だとぉおお⁉　認めん、認めんぞぉおお⁉」

私たちの連携魔法を目にした変質者たちは驚きの声をあげる。

仮面で顔は見えないけど、唖然としてるんだろう。

この人たちの動きにはどこかで見覚えがあるのだが、変質者の知り合いがいるのは嫌だし、真実を知りたいわけでもない。

仮面の下はどうでもいいから、さっさととどめを刺しちゃおう。

「さぁ、お師匠様と私の前に敵はいませんよっ！　顔を本気で殴りますから覚悟しなさい！」

ライカは魔法がうまく決まって気が大きくなっているのだろう。

びしっと敵を指さし、かっこいいセリフを発する。

ただし、彼女に本気で殴られたら頭蓋骨が砕け、中身があわわわになることは必至。

いくら悪人とはいえ、この場で私刑にするわけにはいかないぞ。

「くそがぁあああっ！」

「劣等種の分際でぇええ！」

大柄の変質者と年寄りの変質者は私たちに向かって魔法を放つ。

ファイアストームとかいう上級魔法、しかも同時詠唱で二倍の威力である。

まぁ、そこそこ使えるらしいけど、猫魔法に死角はないよ！

「【長毛の神盾《ロングコートイージス》】！」

奴らが魔法を唱えた次の瞬間、私たちの前に突如として大量の毛の壁ができあがる。

これはただのモフモフではない。長毛種の猫神様の魔力を宿しているモフモフなのである。

それは炎を防ぎ、雷を防ぎ、さらには寝袋代わりにもなる優れもの！

当然、変質者の炎などものともしない！

「な、なんだぁあああっ!?」

「け、毛の壁だとぉおおっ!?」

神々しい防御魔法に唖然とする二人の変質者。

くふふ、隙だらけだよっ！

「ライカ、優しく止《とど》めをさしちゃいなさい！　優しくだよ！」

「はいっ！　ふんわりたぁあっち！」

私が号令をかけると猟犬のごとくライカは走る！

そして、変質者二人の後頭部にいい感じの手刀を入れてノックアウトさせる。

あぁよかった、理性を持ち合わせていたみたいで。全然、ふんわりじゃないけど。

「くそぉっ、こうなったら！　貴様も来い！」

「きゃああっ⁉」

しかし、敵もさるもの引っ掻くもの。

黒髪の変質者が休んでいたリス獣人の女の子をさらって連れていくではないか！

「逃がしませんよっ！　お師匠様、行きましょう！　私、追いかけるの大好きです！」

ライカは尻尾をぶんぶん振って変質者を追いかける。

ひえぇぇえ、私はそこまで好きじゃないんだけどなぁ。


【賢者様とライカの使った魔法】

黒猫暗歩：猫はそもそも闇夜の中をこっそり近づき、飼い主をびびらせることを生業とする生き物である。その中でも賢者様の実家の黒猫は闇の中に溶け込むように入り込み、トイレに行った飼い主を驚かせることに長けている。その生態を魔法の中に取り込んだのが、この術式である。

犬猫ドリル：二人が魔力を親和させて放つ、それはそれは尊いドリル魔法。より強力なドリルで敵をうがつ。背後には犬と猫の両方の聖霊が現れ、首をドリル状にしている様を拝むことができる。

長毛の神盾《ロングコートイージス》：長毛種の毛はとにかく頑丈である。もふもふとしており、むくむくともしている。その圧倒的な防御力に目を付けて開発されたのが、この魔法である。賢者様にしては珍しく防御魔法。床に敷けば最高のふわふわを体験できる。眠くなるのも必然。

変質者三人の受難：奥の手をすべて封じられて涙目になるも、さらなる奥の手の登場だ！

「待っていろ！　いますぐとっておきの魔道具を持ってくるぞ！」

「よぉし、持ちこたえてやる！」

「ここはわしらに任せておけ！」

俺の名前はレイモンド。

仲間と協力してワイへ王国の侵略計画を進めているときに、信じられないことが起きた。

我々が用意していた、古代モンスターの合成魔獣、ダブルアイが倒されたのである。

一つ目のレッドアイの姿も見えず、おそらくは討伐された可能性が高い。

獣人の劣等種の分際で、なんという奴らだ。

このままでは我々の野望が潰される可能性もある。そう考えた俺は武器を取りにアジトへと戻ることにした。

「くそっ、獣人の癖に生意気なぁあああ！」

走りながら俺は歯噛みをする。

猫人の方は俺の知っている無能な間抜け女にそっくりだが、髪の色が違う。

おそらくは他人の空似という奴だろうが、それにしても忌々しい。

しかし、それでも俺は諦めてはいなかった。

まだだ、まだやれる！　俺たちはまだ終わってはいない！

アジトの奥には、俺の集めた珠玉の古代魔道具が置いてあるのだ。

それは俺が人生をかけて集めてきた凶悪なアンティークコレクション。古代の遺跡から発掘された逸品ぞろいの魔道具たち。

そのほとんどに非人道的な魔法が付与されており、今では国際条約で禁止されたものもある。

獣人は一般に魔法耐性が低い。あんな小娘どもなぞ、一発で即死だ。

「ふははは、負けるわけがない！　俺たちが！　こんなところで！」

禁断の魔道具を実戦で使えることに、俺は場違いながらワクワクしていた。

それを使えば一発逆転どころか、ワイへまで攻め入ることさえ可能なのだ。

「我々を本気にさせたことを後悔するがいい！」

声をあげて笑いだしたい気持ちを押さえつつ、俺は部屋に駆け込む。

さぁ、狩りの時間だ！


「……ぴ？」

しかし、俺は喉の奥から奇妙な音を飛び出させることになる。

「な、ないぃぃいいいい!?　お、俺のコレクションがぁあああ!?」

俺の魔道具が消えていたのだ！

俺の魂の魔道具が⁉

なんの痕跡もなく、まるで蒸発するかのようにごっそりと。

「だ、だ、誰がこんなことをぉおお⁉」

コレクションを奪った悪党への怒りでどうにかなりそうだ。

地団太を踏んで、ふぅーふぅーと息を吐く。

残っているのは足が速くなるという魔法の靴程度である。くそが。

「ぐぎゃああ⁉　こいつ、壁を拳で割ったぞ⁉」

「ひぃっ、来るなこの化け犬がぁあああ⁉　は、話せばわかる！」

そうこうするうちに、カヤックたちの悲鳴が聞こえてきた。どうやら劣勢のようだ。

いかん、今は犯人を捜している場合ではない。

あの獣人二人を始末しなければならないのだ。

くそぉ、くそぉ、くそぉおおおお！

「奥の手だ、奥の手を使ってやる！」

俺は魔法の靴を履くと、カヤックたちのところに踵を返す。

そして、うろちょろしていたリス獣人の女をさらって再び走り出す。

全てに決着をつけるべく、あの部屋へと向かうのだった。

賢者様、大臣の部屋を破壊しようとする変質者を必死で止めようとするも、あわわわわ

「くははは、終わりだ！　何もかも終わりにしてやるぅうう！」

リス獣人の女の子をさらった変質者の男を追いかけると、そこは例の部屋だった。

そう、古代遺跡の魔法陣が書かれている場所である。

「俺の人生の集大成が、俺のコレクションが！　くそぉおおお、悪党どもがぁあああ！」

男はその中央に立って女の子を抱え、狂気に満ちた声をあげていた。

ありゃりゃ、追い込まれ過ぎて正気を失ったらしいぞ。わけわかんないことを言ってるし。

それに、まずいんだよ、その魔法陣は！

もしも、あいつが魔力を送り込んだら、この魔法陣が発動してしまうのである。

発動したらリス獣人の女の子の命はまず助からない。

ついでに、ちょっと小気味いいことだけど大臣の部屋が吹っ飛ぶ。

「ちょぉっと待った！　早まっちゃだめだよ！　いったん、そこから降りようか？　危ないよ？　大人しく自首したほうが身のためだよ？」

「何が自首だ！　ふざけるなぁあああ！」

私の必死の説得にもかかわらず、男は追い詰められた声で叫ぶ。

途中途中が裏返っている声で、下手に刺激するのはよくない雰囲気。

「おっと動くなよっ！　この魔法陣には俺の魔力が込められている！　変な真似をしたら、このガキをいけにえにして、すぐさま発動させてやる！」

「ひぃっ!?　いけにえ!?　絶対、嫌ですぅうう！」

半狂乱の変質者に抱えられ、泣き叫ぶ女の子。

そりゃそうだ、誰であっても魔法陣のいけにえなんかになりたくはない。

そうこうするうちに、奴の魔法陣は青白く光り始める。男が魔力を送り込んだのだ。

一触即発の張りつめた空気が流れる。

彼はどうしてそこまでするんだろうか。

モンスターは退治され、仲間たちも捕まったというのに。

尋常ではない怒りにとりつかれているかのように見える。

「その魔法陣を発動させて何が起こるのか、君はわかってるのかい？」

「ふははは、愚問だ！　これはワイへ王国を滅ぼす絶界魔法陣なのだ！　俺が発動を命じれば、ワイへは終わる！」

あ、やっぱりわかってない。

足元の魔法陣をちゃんと読んでみればわかると思うけど、標的は大臣の寝室なのである。

この人、錯乱してるみたいだし、今さら読む気もなさそうだ。私が親切に指摘したとしても、聞く耳を持ってくれそうにもないし。

「その子を放しなさい！　暴れるなら、シャイニング柴ドリルでお腹に穴を開けますよっ！」

たじろぐ私とは対照的に、ライカは無茶苦茶好戦的である。

リアルで穴が開きそうだから、めったなことは言うもんじゃないよ。

あたしゃ、スプラッターなのは見たくないし、人質の女の子さえ返してもらえればいいんだ。

よし、あの変質者の隙をついて魔法で拘束しよう。

私はこっそりと魔法を詠唱し、尻尾を伸ばし始める。いつぞやのスライムを倒した【死の尻尾鞭《デスもふテイル》】の魔法だ。この魔法、ショックがきついから相手が死なないように細心の注意を払わなければ。

「すべてを失った俺の恨みを思い知れぇぇぇ！　魔法陣よ、この娘を代償として……」

しかし、追い詰められた人間ほど恐ろしいものはいない。

奴は魔法陣の上に手を置いて、いけにえの儀式を始めようとするではないか。

魔法陣から無数の青い手が浮かび上がり、女の子に絡みつく。

「ひぇぇえええ⁉　私は小さいし可食部分が少ないから、いけにえとか無理ですぅううう！」

女の子は悲鳴を上げながら、邪悪な青い手によって空中に浮かび上がる。

このままじゃ、彼女の命が奪われてしまう。

男をぶっ飛ばしても儀式が中断されない可能性が高い。

もっと魔力の高い何かを捧げものにしない限り。

「ひ、ひぇぇええ、私、魔力ゼロですよぉお？　魔法学校の保証書だってあります！」

ライカはこんな時に限って自分は魔力ゼロであることを強調する。

そもそも、あんた、さっきまで魔法使ってたでしょうが。

それに、弟子をいけにえにするわけないじゃないの。

男は狂ったように笑い、魔法陣は怪しく輝き始める。

あの子より魔力の溢れているものを供物に差し出せばいいのだが、私の今日の装備は「布のふく」に「ひのきのぼう」だ。

Fランクにふさわしい武器と防具しか持ってこなかったことが本当に悔やまれるよ。

こうなりゃ禁忌の大破壊魔法【シュレディンガーさんちの猫】を発動して、魔法陣ごと、いや、ダンジョンごと消失させるしかない。

うん、しょうがない！

今、やらなきゃいつやるのさ⁉

「そ、そんなの冒険者ギルドに怒られちゃいますよぉおお！　何か持ってきてないんですか⁉　ほら、あの長い毛のむくむくの中とか！」

大規模破壊魔法でダンジョンごと消し飛ばすと伝えると、ライカは涙目になって他に手はないかとすがってくる。

そんな簡単に魔力に溢れたものなんて持ってないよ。

他に持っているのは、さっきこの部屋で収穫した魔道具ぐらいだし……。

あれにはたいして魔力が込められているわけじゃないからなぁ。

ん？

長い毛のむくむくの中？

「そうだっ！　あれがあったよ！」

この時、私の脳裏に素晴らしいアイデアがひらめく。

「魔法陣よ、この魔法爆弾を代償として、その威力を発揮せよっ！」

私は収納魔法を発動させると、その中から魔法爆弾を取り出す。

これは大量の魔力が集約されており、大爆発を引き起こす危険物。

逆に言えば、お供え物としては小さな女の子なんかよりはるかに優秀なはず。

「なっ、なんだとぉおお!?　なぜお前がそれを!?　やめろぉおおお！」

変質者の男は大声をあげるも、私の手元から爆弾がふっと消える。

つまりは契約成立ということだ。

ゴゴゴゴゴゴ!!

魔法陣は青白く輝き始め、猛烈な音を立てて邪悪な術式を放出する。おそらくは、大臣の寝室の一部が消し飛んだことだろう。

ごめんね、大臣！

でも、あんたの貴重な犠牲のおかげで女の子が救われたんだからいいよね。

まぁ、真っ昼間から寝室にいるはずなんてないし大丈夫！

ドンマイ！　今日がどんなに辛くても、いつか笑える日が来るよ!!

賢者様、仮面の男に逆ギレされるも、タオル魔法でさくっとやっつける

「くそぉ、何もかも邪魔しやがって！　貴様の、貴様のせいだぁああ！」

せっかく最小限の犠牲で事なきを得たというのに、変質者は苦し紛れというべきか、私たちに対して激昂する。

こっちは感謝されたいぐらいなのに、なんて奴だ。

「この禁断の魔道具でぇええ！　うぐがっ！」

彼は自分の腕に針のようなものを突き刺す。

あわわ、大丈夫、お気を確かに!?

そう思ったが、さにあらず。

「うぐごがぁあああ！」

次の瞬間、彼の体は数倍に膨れ上がったのだ。

おそらくはあの魔道具の影響だと思うけど、原理は呪いの類だろう。

体にはおかしな模様が浮かび上がっているし、明らかに禍々しい。

それにしても、彼の仮面はそのまま張り付いていた。信じられないほどの粘着力である。

「これこそ古代魔法帝国の禁呪魔道具！　魔筋の鍼《デモンズスティング》！　この姿を見たものは死ぬ運命なりっ！」

彼はふっとい腕でこちらめがけて殴りつけてくる。

そのスピードも伊達ではなく、彼が言っていることも嘘ではないのだろう。

「お師匠様っ⁉　あいつ、やりますよ⁉　ひきゃあっ」

ライカは相手の剛腕とスピードに恐れをなしたのか、悲鳴のような声を上げる。

確かに、そのパンチまともに食らうとやばいかもしれない。

とは言え、私は身のこなしには自信があるのだ。

ひょいひょいっと避けて、さくっとやっつけちゃおう。

「甘いわぁああ！」

しかし、油断大敵。

私が着地した瞬間を狙ってジャストミートの右ストレートが放たれる。

目前に迫る、怒涛の巨大な拳。

食らえば骨が砕け、壁に叩きつけられて命を落とす。

しかし、奴の拳はむなしく空を切るのだった。

「なぁっぁあああんだこれはぁあああ⁉　この灰色のものは⁉」

その拳の先には灰色のタオルが絡みついていた。

そう、私の髪の色そっくりのタオルが。

「残念、それは偽物だよ」

「なぁっ⁉」

私はとっさに灰色のタオルを身代わりにしていたのだ。

これこそ、変わり身魔法【白猫と白タオル】である。

実家のおばあちゃんの使い魔の中には美しい白猫がいる。この猫、床の上にだら－っと伸びているのが常なのだが、おばあちゃんがベッドなどに置いた白タオルとしょっちゅう間違うのだ。というか、白タオルを見たら、もはや白猫に見えてしまうほどである。

この魔法はそんな驚きから開発された、変わり身系の回避魔法なのである。

「す、すごいですっ！　私もわかりませんでしたっ！」

優れた動体視力を持つライカでさえ、目で追うのが困難な変わり身魔法。

いわんや、呪いで体を大きくした程度のおっさんでは話にならない。

「じゃ、そういうわけで」

私は彼の首筋に手刀を一発入れる。

哀れなおじさんは「ぐぅ」と声をあげると前のめりに倒れこむ。

そんなこんなで私たちは変質者三人を捕縛するのだった。

「お師匠様、すごいです！　私も絶対に使えるようになりますよぉっ！　ドーナツと変わり身します！」

ライカは変わり身魔法に大層感心して、目に炎をともしていた。

確かにこういう近接戦闘向きの魔法は彼女の身体能力とよく合っている気がする。

それにしてもドーナツねぇ、変わり身する以前に食べちゃうんじゃないかな。

「ありがとうございましたぁああ！　怖かったですぅううう！」

リス獣人の女の子はよっぽど怖かったのか、ライカに抱き着いて震えていた。

そりゃそうだよね、いけにえにされそうだったんだもの。

「それにしても、すごいですねっ！　お二人とも獣人なのに魔法が使えるなんて！　特に、あなたは、まるで新緑の賢者様みたいです！　もしかして、賢者様の関係者ですか!?」

リス獣人の女の子はめちゃくちゃ大興奮である。

うわちゃあ、どうしよう。身分を偽装している手前、あれこれ話したいわけじゃないんだよなぁ。

この子は悪い子じゃないってわかってるけど、また記憶をなくしてもらうしかないか。

「ふふん、お師匠様は凄い獣人なんですよっ！　わけあって身分は明かせないんですけど、今は偽装していて、とにかく魔法の使える凄い人で、私はその一番弟子なんです！」

私がどう対処しようか迷っていると、ライカが横から入ってくる。

しかも、である。獣人で魔法が使えて身分を偽装してるだなんて、ほとんど事情を言っちゃってるじゃんよぉ、それ!?

「み、身分を明かせないんですか……!?　わ、わかりました！　事情があるんですねっ！」

「そうです、お師匠先輩にはすごい事情があるんです！」

「これ以上、詮索いたしません！　すみません！」

しかし、ライカの言葉はすとぉんとはまり、リス獣人の女の子は納得してくれたようだ。

いいのかそれで。

私はとりあえず、三人の冒険者が変質者たちを捕まえたというストーリーを考え、その記憶を彼女たちに植え付ける。ご存じ、【午後三時のまどろみ《ドリームオンドリーム》】の魔法である。

「へぇぇええ、すごい魔法ですねぇええ！　初めて見ました！」

リス獣人の女の子、名前はソロ、は感心したように声をあげる。

あんたは一度、この魔法を味わってるんだけど、完全に忘れているようだね。


「変質者を捕まえたぜっ！」

「手ごわい相手だったな」

「それじゃ街に戻りましょう。新人の皆さんもお手柄でしたね！」

目を覚ました冒険者のお姉さま方は何事もなかったかのように男三人を連れて、意気揚々と冒険者ギルドに戻っていく。

男三人は未だに気絶していたので、私が夢遊病魔法で歩かせたのは言うまでもない。

私たちは「ダンジョンに変質者がいて襲われかけたが、先輩が助けてくれた」とギルドに申告。

厄介ごとは嫌だから、それ以上の報告はしない。あの古代の遺跡についても秘密にしておく。

まぁ、どう考えても、変質者が古代魔法で遊んでいて、冒険者を襲ったってだけだと思うけど。

魔法陣については掻き消えちゃったし、今さら確認のしようがないからね。

ま、被害者もいないし、一件落着だよね！

……あれ？

一人だけ被害が出たような気がするけど、ま、いっか！

ライカの胸の内

「ダンジョンで変質者に出くわすなんてさんざんだったね」

冒険者ギルドでの聞き取りが終わり、お師匠様はぐぃいんと背伸びをする。

とはいっても、本当のことを話したわけじゃない。

お師匠様は変質者を捕縛した手柄を、あの冒険者のお姉さんたちに譲ってしまったからだ。

大手柄だと思うのに、目立ちたくないからっていう理由で。

お師匠様は本当に不思議な人だと思う。

褒められたいとか、称えられたいとかそういうのに全然関心がないのだ。せっかく大きなモンスターを倒したのだし、お城が壊れるのを防いだんだし、私だったら褒めてもらいたいけどなぁ。

「そんなことより、ライカ、今回は本当にすごかったよ！　犬魔法の完成にも一歩近づいたよ！」

そんなことを思っていたら、お師匠様は不意打ち気味に私を褒めてくれる。

相変わらずの笑顔で、大きな瞳がまぶしい。

「ありがとうございます。これからも頑張ります、お師匠様！」

私は思わず、お師匠様に抱き着いてしまう。

魔法学校の最底辺にいて、毎日、泣いていたあの頃の私はもういない。

お師匠様、大好きです！

【賢者様の使った猫魔法】
白猫と白タオル：猫というものはとにかく見間違えやすいものである。白猫と白タオルなどは擬態していると言ってもいいほどのものだ。この魔法は猫の持つ擬態力を活かして、変わり身を可能にするものである。

ジャーク大臣の破滅：魂を癒してくれた唯一のよりどころがアレになってしまう。ドンマイ！

「な、なんですってぇええええ！？　レイモンドが捕まったですって⁉　カヤックも⁉　なぁっ、ジャグラムもだとぉおおお⁉」

ここはランナー王国の大臣の執務室。

彼の部屋に部下が大慌てで駆け込んできて、驚きの報告をした。

大臣の腹心であるレイモンド、カヤック、ジャグラムの三人がワイへで捕縛されたというのだ。

本来であれば、ジャグラムの作戦の成功を耳にするべきタイミングのはず。それがまさかの捕縛の知らせである。大臣は顎が外れそうになるほど口をあんぐりと開ける。

「作戦が敵にバレたというのじゃないでしょうね？　おのれ、冗談にもならないことを!!」

大臣の喉は急速に乾いていき、その膝はわなわなと震え始める。

このままではワイへ王国に大義名分を与え、こちらが攻め込まれる可能性すらある。

「いえ、お三方ともワイへ王国のダンジョンで女性冒険者を襲った変質者としての捕縛だそうです」

「なぁあぁっ!?　変質者ですって!?」

三人が捕縛された理由は全く予想外のものだった。

「あの面汚しどもがぁあああ！」

今思えば、三人とも自分の欲望に正直な人物であり、見るからに卑しい顔をしていた。

あんな人間を四天王にしていたこと自体が間違いだったのだ。大臣は激しい後悔の念に襲われる。

「あぁ、大損ですよ、全く……」

大臣はこれまで三人の作戦に多大な投資をしてきた。

レイモンドの魔道具、カヤックのモンスター軍団、そして、ジャグラムの怪しい研究。

いくら潤沢な資金を有する大臣とはいえ、ノーリターンはきつい。一切の見返りがないのだ。

「くそっ、忌々しい！　今日の仕事はこれまでにしますよっ！」

大臣はワイへ王国侵略計画が一向に進まず、イライラしていた。

彼は仕事を切り上げると屋敷に戻り、人払いをして寝室へと向かう。

そこには彼の心のよりどころ、すなわち、あの手この手で収集した宝飾品が収蔵されているのだ。

どんな苦境に立っていても、どんなに部下が愚かでも、どんなに損失を出しても、ここにある金銀財宝を見ていれば心は落ち着き、冷静さを取り戻していく。

キラキラと輝く宝石や永遠のきらめきを宿す金の像、それらは絶対にいなくならない。まるで砂漠の中のオアシスのような存在なのだ。

「ただいまぁ、私の宝物ちゃん！　パパが帰りましたよぉ！」

大臣は寝室の隠し扉を開けると、宝物に猫なで声をかける。

ゴゴゴゴゴゴ……、ゴゴゴゴゴゴ……。

しかし、そこで事件が起こった。

突如として床や壁が揺れ始めたのだ。

「な、なんですか⁉　じ、地震ですか？」

大臣は思わず、壁に手をついて揺れが収まるのを待つ。

自分を脅かすとは忌々しい地震め、などと天変地異にすら悪態をつきながら。

しゅどごぉおおおおおおおおん！

しかし、次の瞬間、大臣は目にすることになる。

宝物庫の床に魔法陣が現れ、その範囲内の全ての宝を消滅させる様を。

金銀財宝の全てが、青い光の中に溶けていく様を。

「ぴ？」

人はあまりに強いショックを受けると、まともに反応することさえ難しい。

大臣の場合、小鳥のさえずりのような声を喉から発すると、五秒ほど硬直するのだった。

「ぴ、ぴぇぇええ、私の宝がぁあああ⁉　全財産がぁあああああ⁉」

大臣は絶叫する。

避けようのない、突然の悲劇に。これまでの人生をかけてきた我が子同然の宝物との別れに。

さらに彼の脳裏には「破産」の二文字がくっきりと浮かび上がる。

彼は知らない。

すべての災難は彼が追放したアンジェリカによってもたらされた、ということを。

彼はただただむせび泣きながら、自身の破滅を予感するのだった。

エピローグ：旅立ち

「それじゃ、アロエ様、ライカ様、お世話になりましたぁああ！」

数日後、リス獣人のソロは隣国の街に移っていった。

彼女は一族の宝物を探す旅を一人でしているらしい。若いのに、あっぱれな女の子である。

ふぅむ、旅か。旅っていいよねぇ。

王都での駆け出し冒険者生活も楽しかったけど、色んな街をめぐってみるのもいいかもしれない。

そう、私たちは好きな街に行って、好きなことができるのだ。

なんせ、自由気ままなFランク冒険者なのだから！

「お師匠様、大賛成です！　わたし、海の幸でも山の幸でも大好きですよ！　お刺身食べたいです！」

ライカは尻尾をぱたぱたさせながら、とても嬉しそうだ。

本音がダダ漏れてるけど、美味しいものを探す旅も悪くない。勇者パーティー時代は戦うばかりで好きなものを食べられなかったし。

そして、旅で出会った獣人たちに魔法を教えていくなんてのもありかも。大陸のいろんな場所で広げていけば「獣人は魔法が使えるんだ」ってわかってもらえるし、そんな人材がそろえば魔法学校への道筋もたつかもしれないからね。

「私、お師匠様に弟子入りできて本当に良かったです！　魔法って本当に面白いですね！」

ライカは道中、屈託のない笑顔でそんなことを言う。

確かに彼女は魔法が使えるようになった。

弟子入りして良かったっていうのは本心だと思う。

だけど、私は思うのだ。

彼女によって、私も救われているし、毎日が心底楽しいっていうことを。

宮廷魔術師を解雇されて、やさぐれていた私の心を癒してくれたのは彼女の無垢な心だった。

それに彼女の言う通りなのだ。

魔法ってやっぱり面白い！

世界で一番面白い！

当たり前だけど、大切なことをライカは私に気づかせてくれた。

だから私は言うのだ。

「ライカ、弟子になってくれてありがとう。これからも頑張ろうね」

照れくさいから抱き着いたりとか、そんなことはしない。

だけど、心からの感謝を込めて手を握る。

「はいっ！　一生、ついてきます！」

ライカは笑顔で私に抱き着いてくるのだった。だから、胸が、胸がぁああああ!?

それにしても一生かぁ、一生ついてこられるのは大変そうだなぁ。うん。

「じゃあ、次は海の街だよっ！」

「はいっ、シーフードですねっ！」

私たちは意気揚々と新天地へと向かうのだった。

気心の知れた弟子と気楽な珍道中も悪くないよね。

せっかくの人生なんだ、楽しまなくっちゃ！

書籍特典SS

聖女と勇者と竜騎士と賢者、西の魔王を倒す

私の名前はルルルカ。聖女のスキル持ちながら冒険者をやっている。

なぜ神様の巫女である聖女の私がこんな職業についているかと言うと、家族の運営する教会が多額の借金を抱え、その返済をしなければならないためだ。そんなことがなければ、誰が好き好んでモンスターと戦うのだろうか。

私は破壊王決定戦《ザ・デストロイヤーズ》という、悪趣味な名前の冒険者パーティーに参加している。低知能なことがすぐにわかる名前だが、これは一〇〇年に一度の傑物と呼ばれる勇者のスキル持ちが作ったパーティーだ。

勇者と言えば、様々なお宝を発見することで有名であり、借金返済を目論む私がこのチャンスを逃すことはない。

あーはっはっはっ、世界中のお宝を独り占めして、豪華絢爛な教会を建ててやるわ！

未来の左団扇生活にほくそ笑む私なのであった。

私たちは各地で仲間を募り、いよいよ西の魔王のもとへと向かう。

そいつは宝玉の魔王と呼ばれる悪しき存在。名前の通り、お宝を大量に隠し持っているに違いない。

くふふ。

「くははは、脆弱なる存在よ、よく来たな！　我は宝玉の魔王！　私の魔導法具の素晴らしさを教えてやろう」

魔王城の玉座の間に到達すると、神官服の男が現れる。一見すると地味だが、私の目はごまかせない。魔王の服や帽子に散りばめられた宝石は希少なものばかりだ。服だけで数千万の価値があることが見て取れる。欲しい。

それに、魔王の傍らにある玉座は宝石の塊である。その売却価格は数億を遥かに超えるだろう。さらには無数の絵画に巨大なシャンデリア、巨大な彫刻などおびただしいほどの宝飾品の数々。

つまり、身震いするほどの金額の宝がここに置かれているのだ。正直、ここに住みたいぐらいである。

「みなさん、いったん様子を見ますよ！　迂闊に手を出してはダメです！」

パーティーメンバーにできるだけ空間を破壊せずに倒すように伝えなければならない。

できれば毒殺のようなもので仕留めるのが一番いいのだが、うちのパーティーには毒使いはいない。

「問答無用！　先手必勝！　あたしの剣で因果応報！」

こんなときに無暗に突っ込んでいく人物がいる。パーティーのリーダー、女勇者である。

彼女はそもそも人の話を聞かない女である。敵を爆裂四散させる剣技を放つべく、魔王の前で必殺の構えを取る。

「ちょっとおおおっ!?　やめてくださいっ、魔王が話してる途中じゃないですか！」

私は勇者の腰に無理やり抱き着き、なんとかその攻撃を制止する。

こいつ、バカなの!?　爆発させたら、あいつの服どころか空間全体がボロボロになるでしょうが！

「…………参る」

「あんたも参るじゃないですよ！　じっとしてなさい！」

厄介なのはもう一人いる。無言極まる竜騎士女。槍の使い手だ。私は彼女の後ろから首を絞めてすかさず止める。

「よぉっしゃ、そろそろ新緑の賢者ことアンジェリカ様の最高傑作お見舞いしてあげよう！　必殺の大規模破壊魔法、シュレディンガーさんちの猫で城ごと消し飛ばしてあげるっ！」

「やめろぉおおっ！　このバカ猫！」

さらに厄介なのがいる。そう、猫人なのに魔法の達人である賢者のアンジェリカだ。彼女は巨大な魔法陣を出現させて、どう考えても城が無事では済まないような魔法を発動させようとする。

他の二人も大概だが、この女、頭がかなりおかしい。せっかくのお宝の詰まった魔王城を破壊するとか、正気の沙汰とは思えない。この子は劣等賢者なんて巷では呼ばれているけど、間違いなく頭が劣等だ。ネジが外れている。

私は必死にアンジェリカの魔法陣をかき消すのだった。

「なんだよぉ、ノリ悪いぜ！　バイブス、足りてねぇぞ？」

「…………邪魔」

「あ、わかった。この銭ゲバ守銭奴、お宝に目がくらんで寝返ったんだ、きっと！」

必死の思いで三人の暴挙を止めたにも拘らず、奴らは口々に文句を言う。温厚極まりない聖女オブ聖女の私でさえ頭に血が上ってしまう。特にアンジェリカ、あんた、ぶっ殺しますわよ？

「寝返るか、バカ！　いい？　耳の穴かっぽじって、よく聞きなさいよっ！　あいつは財宝をたらふく抱え込んでるの！　できるだけ無傷で倒すのがスジでしょうが！　そもそも、あんたらのせいでいくら借金してると思ってんのよ⁉」

どうして私が彼女たちの攻撃を止めるのか。それには深い意味がある。

パーティーのアタッカーである勇者・竜騎士・賢者の三人組はとにかく戦い方が派手なのである。必要もないのに強力な攻撃をぶちかまし、そのたびに街や城のあちこちを破壊するのだ。

その被害総額たるや、簡単に億を超えてしまう。私の家の借金を返す以前に、こいつら自身が借金を増やしつつあるのだ。パーティーで稼いだお金が平等に分配されるのなら、借金も平等に分配されるわけであり、当然、そのしわ寄せは私にもやってくる。すなわち、全然、借金返済が進まない。

文句を言う三人組を眺めながら、魔王を倒したら絶対にこのパーティーから抜けてやると私は決意する。

でも、だからこそ、今回はお宝を持って帰りたいのである。私の将来の左団扇生活のためにも！

「貴様ら、何をしている？ 我を侮るなど不敬であるぞぉおおっ！ 本当の姿を見せてやるっ！」

気が付けば、完全に蚊帳の外にいた魔王がこちらに凄まじい殺気を放っていた。

あぁ、そういえば、こんな奴いたんだっけ。金銀財宝に目がくらんで忘れていた。

「そうこなくっちゃっ！」

殺気には殺気で応えるのがうちの流儀だ。勇者は魔王に向かって神速の突撃を見せる。

お願いだから、攻撃するのは顔だけにして！ お腹はやめて！

「なぁっ⁉ いなくなったぜ⁉」

しかし、勇者の攻撃は大きく宙を斬る。

この女、頭はアンジェリカレベルでおかしいけれど、剣の腕前は随一のはず。今まで彼女に当てられなかった攻撃などなかったというのに予想外の展開だ。

「くはは、間抜けどもめ！　我はついに空間と同化する技法を編み出したのだ。絶望にまみれて死ぬがいい！」

がらんどうの玉座の間に突然声が響くと、四方から紫色の光線が放たれてくる。

聖魔法でなんとかガードするものの、かなり強力な術式らしく防ぐだけで精一杯だ。並みの冒険者では塵一つ残らないだろう。さすがは魔王、その名に恥じない強力な魔法使いのようである。

「こうなったならしかたねぇ！　もう空間ごと破壊しちまおうぜ！」

「………………同意」

勇者と槍使いは器用に敵の攻撃魔法を避けながら、とんでもない提案をしてくる。

あの財宝の山を破壊するなんてもはやモンスター級の知能だと言っていいだろう、悪い意味で。

しかし、敵の所在がわからない以上、通常攻撃は役に立たない。このままジリ貧の戦いをするにもいかないわけで、私は究極の判断を迫られるのだった。

「ルルルカ、私にいいアイデアがあるよ！　私なら、あの魔王を見つけることができるけど、どうだい？」

「いいでしょう、アンジェリカ、あなたに一任します！　私がガードしてあげます！」

このままじゃバカ勇者に城を壊されるだけである。

アンジェリカの提案は渡りに船ではあるが、一体どうやって探し出すのだろうか。

「あいつの魔力の源となる核はどこかにあるはず！　それを探してあげるのさ！　全てを嗅ぎ取れ！叡智の灯台《フレーメンサーチ》！」

アンジェリカは魔法の名前を叫びながら目をかっと見開く。さらには口をぽかんと開けて、まるで驚いたときの猫のような、父の靴下のにおいを嗅いだときの猫のような、なんとも言えない顔をするではないか。

「この期に及んで何をふざけてるんですか、あなたは⁉」

『ふふふ、これは猫が強いにおいを感じたときにやる顔をヒントに作られた魔法で、敵の魔力紋をたどっているのさ！』

アンジェリカは間抜け面のまま私たちの精神に直接語りかけてくる。魔力の無駄遣いをするな、このアホ女！

「ふむむむ……！　そこだっ！　勇者、お願い！」

アホ面を晒すこと数秒間、アンジェリカはついに敵の本体のありかを文字通り嗅ぎ取ってしまう。

それは豪華絢爛な装飾のなされている魔王の玉座だった。

そう、あの時価数億円はくだらない金ぴかの、私の玉座である。

「任されたぜっ！　魔王、ねんぐの納め時だぜっ！　ねんぐって何か知らないけどっ！」

勇者は一撃で玉座を破壊し、その後方の宝飾品も粉々にする。あぁああ、私の数億円がぁあああ。

「おのれぇえええええ！」

正体を現した魔王は激昂して魔法攻撃を開始。私たちの戦いは総力戦となるのだった。勇者の剣が唸り、竜騎士の槍が飛び、私の聖魔法が仲間を守る。極めつけはアンジェリカのバカが大規模破壊魔法を二度ほど解き放ったこと。

結局、それが決定打となり、私たちは邪悪な魔王の封印に成功するのだった。

戦いが終わったとき、煌びやかだった玉座の間は見る影もなくなっていた。

私の財宝が、私の左団扇生活が、私の夢と希望がここに潰えたのだった。

「ルルルカ、泣いてるなんて珍しいね！　そんなに嬉しかった？　すごかったでしょ、私の猫魔法！」

呆然と立ち尽くす私を見て、アンジェリカは私の肩を叩く。やりきった感丸出しの顔に非常に腹が立つ。

「嬉しいわけないでしょ、このバカ猫！」

私は思いっきり、アンジェリカの頬を引っ張る。涙を流しながら。

その後、私たちはパーティーを解散することになった。魔王討伐の報酬で借金を返済できたのも大きいけれど、こいつらと一緒にいたら多分私は破産していただろうから、助かったと言ってもいいだろう。

勇者と槍使いは相変わらず世界中を旅しているらしい。

アンジェリカは大陸の東の国で宮廷魔術師になった模様だけど、あのバカにそんなお堅い仕事が務まるとは思えない。

きっと城を破壊して大目玉を喰らうに違いないし、一年も持たずにクビになるだろう。

いつか再会したときにはどんな嫌味を言ってやろうかと少しだけ楽しみな私なのである。

アンジェリカ、ライカとのバスタイムで酷い目に遭う

「ふぅいぃいいいい、お湯がしみるねぇ」

私はお風呂が大好きである。ぽかぽかと温かい浴槽に浸かれば気分爽快。本を読んだりもできるし、自分に向き合ったりもできる。バスタイムは私の大事な癒し時間なのだ。

「お師匠様！　お背中をっ流しますっ！」

しかし、最近、そんな時間に変化が訪れた。

ひょんなことから弟子になったライカが下着姿で私の浴室に乗り込んでくるのだ。

うちの浴槽は一人用だし、広いわけじゃない。何が楽しくて弟子と一緒にバスタイムを過ごさなきゃならないのか。

「里では姉妹みんなで洗いっこしてたんですよ！　私、スポンジのライカとも言われてました！」

ライカはボディ用のスポンジをもって、えへへと笑う。

いや、待て待て、洗い合う文化なんて、あたしゃ知らないよ。

「大丈夫ですっ！　ピカピカにして差し上げます！」

私の拒否などお構いなしに、ライカは私の背後に回りこむと猛烈な勢いで泡を立て始める。

しかし、先ほどから見ないふりをしていたのだが、この柴犬人、スタイルがめちゃくちゃいいのである。

胸が大きい癖にウエストが細いとか、ふざけてんのか。私の心がびしばしえぐられていくのを感じる。

そもそも、恥じらいってものはないのだろうか、こいつには。

「お師匠様のお背中、小さくてかわいいですね！　はぁああ、肩甲骨も背骨もかわいいですねぇ！」

ライカは妙なことを言いながら一人で盛り上がり、しまいには前側も洗いたいと申し出る。

だが、絶対に不可である。そりゃそうだ、こいつのボディを眺めながら洗われるとか無理である。

心が死ぬ。

「それじゃ流します！　くふふ、お師匠様、私、こういうの覚えたんですっ！　轟け、絶海の水流よ！　柴シャワー！」

ライカはそう言うとお湯を張った桶を抱えて、勢いよく回転し始める。

「うわばぁあああ!?」

ライカが発生させたのは目を開けられないほどの水滴の強襲だったが、それだけではない。猛烈な回転により、細かくなった水滴がミスト状になって浴室を猛烈な熱気で満たしていったのだ。どうやら魔力で水滴が温まっているっぽい。

「えへへ、どんなもんです！　……あれ？　お師匠様、髪の毛、すごいことになってますね」

「へ？　み、見るなぁあっ！」

魔法を終えたライカはドヤ顔をするのだが、すぐにその表情は微妙なものへと変わる。

そりゃそうだ、私の髪の毛がぺしゃーっとなっているのだから。私の髪は猫っ毛なので、水分にすこぶる弱いのだ。

完全に濡れると、まるで別人みたいになるのである。ひぇええ。

「え、お、お師匠様!?」

柴シャワーの熱気と恥ずかしさで頭に血が上ったためだろう、私の視界が一気に暗くなっていく。のぼせたのだ。

遠ざかる意識の中、私は確信する。お風呂で柴シャワーをするのは絶対に禁止であると。

《了》

あとがき

どうも初めましての方には初めまして、海野アロイと申します。

この度は猫魔法をお求め頂きまして、ありがとうございます！

私と犬猫との関係は古く、子供の頃からやつらと戦い、敗北してきたと言ってもいいでしょう。

ていうか、猫よ、夜中に走り回るな。跳ぶな。花瓶をひっくり返すな。

あと、就寝前に人のヨガマットを占領するな、ヨガができない。

そして、犬よ、ご飯食べた直後に首をぶんぶんするな。よだれがぁあああ！

そんな愛くるしい動物たちへの畏敬の念をもとに執筆したのが本書と言えます。いわば、猫と犬に振り回される人類《げぼく》への鎮魂歌みたいなものです。

よって、書籍化のお話を頂いた時、詐欺を疑ったほどなのでした。もちろん、違いましたけれど。

……違いますよね？　信じていいんですよね？


それでは謝辞に入らせていただきます。

本作の編集を担当していただいたO様、本当にありがとうございました。原稿のとりまとめはもとより、詰まった際には貴重なアドバイスを頂きまして助かりました。

次にキャラデザ・イラストを担当してくださいました、ぷらこ先生にも大感謝を。

ライカのデザイン案を頂いた時は太眉すぎないかと、すごく迷ったのですが、後から考えるとこのデザインしかなかったなぁと思います。もちろん、アロエもソロもかわいすぎです。感謝。

また、コミカライズを担当してくださる、かやこ先生。「猫の液体仮説」を描いてくださるなんて感謝しかありません。

最後にうちの猫と犬、そして、これまでに触れ合ってきた猫と犬、いや、全ての猫と犬にも大感謝を。これまでお前らをもふもふしてきたのは無駄じゃなかった。ありがとう。泣きそう。

そして、この本を手に取っていただいた読者様に海野アロイからお願いがございます。

ぜひぜひ、本書の感想や雑感、あるいは、あなたの体験した猫魔法・犬魔法をシェアしてください。あなたの遭遇した猫魔法を私のツイッター@uminoaroiにDMしてくださっても結構ですし、ハッシュタグをつけてくだされば喜びます。フォロワー二桁の私のアカウントが火を噴きます！

もうお察しの方もいらっしゃると思いますが、猫魔法は正直、ネタ切れです！

こっから挽回できるかどうかはあなた次第！

とまぁ、そんな次第でございます。

大臣一味も破滅したところでキリよく終われたなぁと思いますが、万が一続刊したならばアーカイラム教授をぎったぎたにしたいですね。性格に難のある聖女様も出てほしいです。

それでは、またどこかでお会いしましょう！

海野アロイ

唯一無二の最強テイマー
～国の全てのギルドで門前払いされたから、
他国に行ってスローライフします～
原作：赤金武蔵　漫画：田村紘一
キャラクター原案：LLLthika
異世界還りのおっさんは
終末世界で無双する
原作：羽々音色　漫画：ダンタガワ
処刑された聖女は
死霊となって舞い戻る
原作：緒二葉　漫画：蚊
キャラクター原案：みなせなぎ

雷帝と呼ばれた最強冒険者、
魔術学院に入学して
一切の遠慮なく無双する
原作：五月蒼　漫画：こばしがわ
キャラクター原案：マニャ子
モブ高生の俺でも
冒険者になれば
リア充になれますか？
原作：百均　漫画：さぎやまれん
キャラクター原案：hai
魔物を狩るなと言われた
最強ハンター、
料理ギルドに転職する
原作：延野正行　漫画：奥村浅葱
キャラクター原案：だぶ竜
COMIC
NOVA
ノヴァ
https://www.123hon.com/nova/
話題の作品
続々連載開始!!

我輩は
猫魔導師
である
～キジトラ・ルークの
快適チート猫生活～
1～3巻好評発売中！
猫神信仰研究会
nekogami sinkou kenkyuukai
ハム
転生したら
チートな
猫
でした！
目指せ！三食昼寝付きの
ペットライフ！
©nekogami sinkou kenkyuukai

有郷葉
Arizato You
Illust. 黒兎ゆう
ジャガイモ農家の村娘、
剣神と謳われるまで。
1巻発売中！

猫魔法が世界に革命を起こすそうですよ？ 1
～劣等種なんて言われるのならケモノ魔法でリベンジします！～

発 行
2023年8月9日 初版発行

著 者
海野アロイ

発行人
山崎 篤

発行・発売
株式会社一二三書房
〒101-0003 東京都千代田区一ツ橋2-4-3 光文恒産ビル
03-3265-1881

編集協力
株式会社パルプライド

印 刷
中央精版印刷株式会社

作品の感想、ファンレターをお待ちしております。
〒101-0003 東京都千代田区一ツ橋2-4-3 光文恒産ビル
株式会社一二三書房
海野アロイ 先生／ぷらこ 先生

Printed in Japan, ISBN978-4-8242-0011-2 C0093

※本書は小説投稿サイト「小説家になろう」（http://syosetu.com/）に
掲載された作品を加筆修正し書籍化したものです。